人說十年磨一劍，我的台語的劍
自我在娘胎開始，已經磨了76年了

我的台語是自我佇阮娘嬭仔的腹肚底
就開始學矣

Guá-ê tâi-gí sī tsū guá tī gún niû-lé-á
ê pak-tóo-té tō khai-sí ȯh ah

就 諦 學 堂
執行長:李 三 財 敬贈
網址:www.hk97.tw

作者的話

小時候寫過作文
長大寫過論文
職場寫過公文
fb 貼過廢文
但沒有想過有一天要寫台文
更沒有想到要集結成冊付印上市

因為我是台語工作者
走過 27400 多個日子
雖然自小一貫受的是華語的訓練
但是身上的每一個細胞依然都還充滿著台語
的元素，紀錄著過往的點點滴滴

把這些紀錄用台文寫出來
跟我所有的好友分享
也讓我的子子孫孫知道
曾經有我過過這樣的日子
直到永遠永遠！
不怕台語消失，因為我留下了記錄

李恆德
2019.7.9

序文

「台語有音無字」
「台語是粗俗的語言」

　　這是很多人對台語最大的誤解與汙衊，不只有些不會台語的人有這種想法，有些會台語的人也是如此，對這些，照講我應該生氣，可是我沒有，因為我認為他們是因為不懂，也因為是我們的努力不夠，我們沒有足夠好的作品讓他們喜歡，所以我不怪他們！

　　這本台文集是我平常在 fb 上的貼文集結而成，身為台語人用台語寫文很平常，內容也不是甚麼高深的道理，也沒有甚麼華美的詞藻，不過就是完全用的是「媽媽講的話」，如果有甚麼特別，是因為它不知不覺中會流露出一個年近 80 的老人，有著比常人多一點的人生閱歷與對台語的自信而已！

　　用我的筆寫我的心，證明「台語有字，台語不難，台語不粗俗，台語是雅俗共賞，鮮活實用的語言」，希望你認識它，瞭解它，進而喜歡它！

李恆德

2019.6.19

踏話頭

　　人講：「臭頭仔的囝嘛是家己的」，這本「台文集 113 篇」就可比我的 113 个親生囝，雖然我已經算是是七十外歲的高齡產婦，毋過我骨力生，拍拚生，愈老愈 gâu 生，愈老生出來的嘛愈媠，這兩年我一氣生欲倚 200 的囝，一个一款面，無一个是全面，在我的心目中，逐个都媠，逐家都古錐，逐个都是金鑠鑠的心肝仔囝，焄 in 出來佮逐家見面，向望得著恁的愛惜，恁的疼痛，恁的牽成，感謝，勞力！

李恆德

2019.6.19

目錄

壹、骨肉情

肆、世間情

壹、骨肉情
偝咧阿母的尻脊骿

偝咧阿母的尻脊骿
是我上歡喜的代誌
我猶細漢，規工共阿母綴牢牢
阿母欲作穡
無閒佮我耍
嘛無閒共我抱
共我講：「乖，你家己耍就好」

我講人愛睏矣
阿母毋甘放我家己睏
提偝巾來共我偝咧尻脊骿

這條偝巾有我的臭汗酸味
毋過我鼻著足芳 e
我若愛睏，就愛鼻著這个味才會好睏

阿母共我偝著
喙那唸歌，手那共我搭一下　搭一下
閣身軀那搖那搖
按呢我連鞭就睏去矣

1

毋過阿母嘛無共我敨落來
伊猶是閣共我偝咧睏
等伊手鬆，才共我敨落來的時
我逐擺攏共阿母喙瀾流甲規尻脊骿！

～～～～～～～～～～～～～～～～～～～～～

《註解》
1. 尻脊骿 kha-tsiah-phiann：背後
2. 作穡 tsoh-sit：做勞動的事
3. 規工 kui-kang：整天
4. 綴牢牢 tuè-tiâu-tiâu：跟緊緊
5. 伨 thīn：陪伴
6. 連鞭 liâm-mi：馬上，立刻
7. 敨 tháu：解開
8. 喙瀾 tshuì-nuā：口水

#李恆德台文集
2016.12.26

生一个囝瘤三年

徛咧車牌仔邊等車
聽著尻川後紅嬰仔的笑聲
越頭共看
一个少年媽媽當咧弄囡仔

遮是一間小兒科的門口
這陣診所猶未開門
真濟大人烌囡仔來遮咧等

這个少年媽媽那等那佮囡仔耍
有時佮伊講戇話
有時唱歌予伊聽
有時激小鬼仔面弄伊笑
有時用指頭仔共攕呧
弄甲家己嘛足歡喜

人講「生一个囝瘤三年」
這个老母我看這馬當咧起瘤
毋過……世間若無起瘤的老母
哪有一代傳一代的好囝孫
咱敢毋是攏是予起瘤的老母烌大漢的？

所以咱愛講
起痟的老母上嬌上偉大

~ ~

《註解》

1. 徛 khiā：站
2. 尻川後 kha-tshng-āu：背後
3. 越頭 uat-thâu：回頭
4. 炁 tshuā：帶領
5. 激小鬼仔面 kik-siáu-kuí-á-bīn：做鬼臉
6. 擽呧 ngiau-ti：搔癢
7. 起痟 khí-siáu：發瘋

#李恆德台文集

2017.6.2

母仔囝

有時佇街仔路拄著
一个古錐的囡仔
予 in 媽媽牽著
我就會足感動足感動 e
趕緊停跤掠 in 一直看一直看
看甲無看著為止

有時陣相閃身看著
我嘛會越頭掠 in 貓貓看
閣會緊提手機仔來共翕起來

世間上媠的是媽媽
上古錐的是囡仔
有媽媽的囡仔上幸福
有囡仔通好牽的媽媽上快樂
母仔囝相牽的畫面上感動人

抑若我，予媽媽牽的記持
已經是 70 年前的代誌囉！
70 年的記持
這馬想起來嘛猶會予我目箍紅呢！

~ ~

《註解》

1. in：（ㄅ一ㄣ）他們

2. 掠 liàh：朝著，抓住

3. 貓貓看 niau-niau-khuànn：像貓一樣目不轉睛的看

4. 翕 hip：拍照

5. 記持 kì-tî：記憶

#李恆德台文集

2016.8.18

共你攬牢牢

緊來共你攬著
你是我的心肝仔寶貝
逐工攏想你
想甲強強欲起痟

鼻著你的芳
看著你的笑
倚著你身軀的燒氣
阿母這陣仔上滿足

阿母轉來矣
緊來共你 mooh 著
予阿母看覓
遮久仔阿母無咧厝裡
你食有飽--無？
穿有燒--無？
抑有想阿母無！？

~ ~

《註解》

1. 牢牢 tiâu-tiâu：緊緊
2. 起痟 khí-siáu：發瘋
3. 鼻著 phīnn-tio̍h：聞到
4. mooh：（扌冒）抱也
5. 看覓 khuànn-māi：看一眼

《咱國女性選手陸承蔚參加世界超跑馬拉松，提著世界第 23，亞洲第一，出國個外月，昨昏轉來，佇機場看著幼囝，緊共攬著，笑容燦爛場面感人予人感動》！

夢著你

昨暗又閣夢著你
夢講你已經大漢
夢講你去做兵
做一个戰車連的連長
你炰我去看恁的戰車
共我講彼是恁新買的 通世界上強的
我講我知 這叫 M1A1
你問我講 阿公你哪會知
我講阿公老罔老這猶考我袂倒
是講前兩工才會記得你去損球
功夫誠好 姿勢誠媠 看起來蓋臭屁
我攏 kāng 展講彼是阮孫
比阿公較 ian 比阿公較巧 比阿公較 gâu 100 倍
看你古錐 看你大漢 為你歡喜
是講嘛不時會想著你
想你又閣夢你
害我忍不住為你歡喜目屎流
因為你是我的心肝寶貝！

~~~~~~~~~~~~~~~~~~~~~~~~

9

《註解》

1. 大漢 tuā-hàn：長大了
2. 㤕 tshuā：帶領
3. 老罔老 lāu-bóng-lāu：老歸老
4. 摃球 kòng-kiû：棒球
5. kāng「共人的連音」：跟人家
6. 目屎流 ba̍k-sái-lâu：流眼淚

#李恆德台文集

這張相

68 年前的某一工
佇三芝國校仔的校園
拄著建校 40 周年的校慶
坐咧上原始閣有歷史意義的升旗台
阮一家伙仔攏是遮的校友

這間學校原本叫「小基隆公學校」老爸第 8 屆，
老母第 9 屆，了後改做「三芝國校」我是第 41
屆！

這張是我這世人頭一擺的翕相
我無穿鞋，所以翕相仔叫我共跤藏起來，我就
身軀身越咧後壁
伊閣叫我喙毋通開開，我就共喙覕予絚！

猶會記-e 我是一年三班
我的老師是陳銜，是阮的親情，序大人叫伊「銜
仔 kiâm-á」。

哥哥 3 年仔，老師是外省的，阮叫伊「曲痀沈
-e」，曲痀曲痀閣小可仔有貓面，娶一个台灣某。

姐姐 5 年仔，老師叫華明盆，彼陣拄才光復，阮攏叫伊的日本仔名「kha-mé-bóng」，尻川後會唸講「kha-mé-bóng，偷提 hóng，昨暝落屎毋敢講！」

佇阮兩兄弟仔身邊的是我的表姊，因為比阮親大姊加真濟歲，所以阮是叫伊「大漢阿姊」，伊是三芝初中第一屆畢業，彼時佇三芝鄉公所食頭路！

老爸彼陣才 32 歲，老母才 31 歲，毋過看起來哪會已經老款老款！

這張相片是三芝唯一的翕相舘一个人叫伊「烏面-e」的老闆翕的，伊的翕相舘因為孤行獨市，所以阮學校所有的翕相攏伊咧負責，逐擺來學校攏騎一台足大台的「烏多穩」彼陣足稀罕，所以看來足奇的！

這張相片尾-a 囥咧「烏面-e」的翕相舘做「看板」，我逐擺對遐過，看著家己的相片，感覺誠趣味，嘛感覺是一个真得意的代誌！

~~~~~~~~~~~~~~~~~~~~~~~

《註解》

1. 拄著 tú-tióhn：遇到

2. 遮的 tsia-ê：這裡的

3. 翕相 hip-siòng：照相

4. 喙覕予絚 tshuì-bih-hōo-ân：嘴閉緊

5. 親情 tshin-tsiânn：親戚

7. 曲痀 khiau-ku：駝背

8. 貓面 niau-bīn：麻臉

9. 落屎 làu-sái：拉肚子

10. 逐擺 tàk-pái：每次

11. 烏多穤too-to-bái：機車

#李恆德台文集

老矣

敢講嫌我歹食？
無，哪會一莢弓蕉做兩擺食？

阿公講：
無啦，失禮，莫誤會啦！
毋是共你嫌，弓蕉其實我真愛食，毋過你這莢
傷大莢，我做一擺食袂落 e 啦！

弓蕉講：
莫牽拖，你毋是足好喙斗，以早你攏一擺食兩
莢，這馬是咧反常？

阿公講：
無毋著，莫講弓蕉一擺食兩莢，我以早拔仔一
擺食三四粒，西瓜一擺食一爿，番仔朥脬，土
檨仔一擺攏嘛食十幾粒呢！

聽著按呢隨共我黜臭，講：
莫臭彈，講彼攏無效，你想講臭彈免納稅金就
盡量彈，緊講你這馬敢猶有才調，較實在！

14

聽著按呢緊照實講：

無矣啦，這馬食老喙齒歹了了，果子賰無幾項通好食，弓蕉傷捷食，食久嘛會 siān 是有影啦！

~ ~

《註解》

1. 好喙斗 hó-tshuì-táu：好胃口
2. 一爿 tsit-pîng：一個半邊
3. 番仔膦脬 huan-á-lān-pha：百香果的俗稱
4. 黜臭 thuh-tshàu：糗一下，反唇相譏
5. 臭彈 tshàu-tuānn：吹牛
6. 賰 tshun：剩
7. 傷捷食 siunn-tsia̍p-tsia̍h：太常吃
8. siān：（疒+善）厭倦，疲累

#李恆德台文集

2019.4.20

菜市仔驚魂記

捌聽阮某講起，伊新婚了後頭一擺去市場，鼻著肉砧魚仔擔一陣臭臊味雄雄溢來，現場險險仔吐出來，趕緊 peh 起跤拚咧浪，一跤菜籃仔就按呢空空捾--轉--來！

新婦娶入門雖然無和阮蹛作伙，毋過伊頭一擺去市場，嘛是招 in 婆婆和伊做伙去

毋過就是干焦去這 101 擺，了後就無閣去矣，因為聽講伊感覺欲捌過的「雞鴨魚肉」「青菜水果」閣「油鹽五穀」，比伊做齒科醫師，變變彼 28 支喙齒加費氣 100 倍，橫直厝裡煮飯的代誌就佮 in 翁小撨一下就好矣！

兩个大家新婦未結婚進前攏是「食飯坩中心」，手不動三寶，一跤步毋捌踏入灶跤的好命團，阮某是查某囝王，佇厝裡項項代誌 in 母 a 創便便，伊連家己一條手巾仔嘛毋捌洗過，新婦閣較免講，千金小姐，負責讀冊就好，讀甲做一个齒科醫師，in 母 a 當然袂予伊行入灶跤！

這種的身命，欲去傳統市場，有影有較可怕，莫怪這馬少年 e，攏愛行大賣場，冷氣，冷凍櫃，予你無鼻著臭，物件有包裝，切好好，半成品，標寫名稱，標重量，價數，逐項予你心裡無負擔！

講是按呢講，兩个大家新婦，結婚了後雖然攏捌佇菜市仔 hông 嚇驚過，毋過了後兩个嘛攏變做煮食的高手，只不過手路無全，阮某是素食高手，阮新婦煞變作是專攻「生機飲食」的高手，嚇驚著這層代誌，就當做是一場的笑話就好矣！

～～～～～～～～～～～～～～～～～～～～～～

《註解》

1. 臭臊 tshàu-tsho：腥臭
2. 拚咧浪 piànn-leh-lōng：拔腿就跑
3. 捾 kuānn：提
4. 費氣 huì-khì：麻煩
5. 撨 tshiâu：商討
6. 食飯坩中心：管吃不負責做事的閒人
7. 創便便 thòng-piān-piān：打點好

伊就是會予我記心記肝

這間國中的台語社團這學期減一个學生
我想講社團自本是自由選的
新學期有新的選擇嘛是真正常

毋過伊央人提一張批予我
批內底共我講伊自本就對耍樂器真有趣味
頂學期伊「樂器社」選無著，這學期拄彼爿有
缺，伊就想欲轉過

伊嘛再三對我表示歹勢佮感謝
因為伊知影伊是這个社團的中柱
伊若走，我一定會毋甘

就是彼年，我頭一擺去國中台語社團，做指導
老師
抱著真好玄的心情我來到這間國中

學校起佇半山間
我捷運落車愛先行一站仔路，才閣 peh 一逝崎
仔才會到
校園看起來真嬌，毋閣這段路途予我感覺有小

18

可仔忝頭！

上課進前學校有開一个說明會
千交代萬交代講：
這是社團，課程是選修的，學生是自由選的
所以學生仔欲學毋學無要緊，顧予好就好！

上課中間學生有咧聽無咧聽免管
若有人欲去便所嘛愛准伊去
毋閣若離開超過 10 分鐘愛通報學校，驚咧萬
不一伊偷走去食毒抑是做其他歹代誌！

說明會了，去甲教室，學生仔已經來矣，坐佇
遐等我
我感覺好笑，總佮共嘛才五个爾

三个查埔二个查某
三个坐較頭前，二个勾咧上後壁，閣一丬一个，
敢若咧顧後門 siāng 款

就按呢我佇遐開始一學期的社團課程
講是一學期，其實嘛才 8 擺 16 小時爾

五个學生中間，真正有咧認真學的才三个
離開的這个是內中上出色的彼个

伊本身台語程度就袂穤，自國小開始就一直是
比賽著等的好角色
頂學期嘛閣佇我指導之下，提著學校的朗讀比
賽冠軍

因為和我的查某孫仔同年，
予我感覺伊參阮查某孫仔平仔可愛！

平常阮就感覺較有緣，伊會佮我叮叮噹噹講東
講西，我嘛會共伊問東問西
包括阮查某孫仔生日，阿公欲送啥物禮物
我嘛是請教伊，照伊的意思買。

這擺伊欲走，我雖然喙講無要緊
毋過哪會感覺心頭有小可仔酸酸
一段短短的師生緣，竟然予我按呢記心記肝放
袂啥落！

~ ~

《註解》

1. 央人 iong-lâng：託人
2. 批 phue：信
3. 拄彼爿 tú-hit-pîng：剛好那邊
4. peh 一逝崎仔 peh-tsit-tsuā-kiā-á：爬一段坡路
5. 忝頭 thiám-thâu：累人

#李恆德台文集
2018.01.27

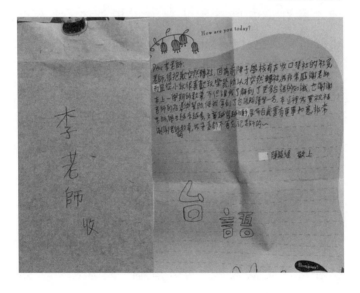

火籠

「阿祖我要喝湯！」
「戇孫～～，你囡仔人遮細漢用啥物火籠！」
這是阮姊仔較早捌講予我聽的一个笑話！

阮姊仔初結婚的時，因為姊夫是大囝，厝裡猶有大家佮一个阿媽，彼个阿媽是同安人，同安腔足重的！

彼个時代寒天時仔老人猶有人用火籠，這個火籠漳州腔叫「hué-lang」，抑若同安腔「火」叫「hír」，火籠就叫「hír-lang」，猶閣有，這字籠 lang 字若講了緊，因為喙舌轉踅方便的問題，嘛有真濟人會講做 thang，所以同安腔就會將火籠講做「hír-thang」，拄好佮「喝湯」相 siâng！

阮外甥仔猶細漢，差不多五、六歲仔的時，有一工食暗飽，共 in 阿祖討欲啉湯，講：「阿祖我要喝湯」，意思是叫阿祖共伊 khat 湯，阿祖聽著當做是欲火籠，毋才會講「戇孫～～～，你囡仔人遮細漢用啥物火籠」！

早前唐山過台灣的人，上早來的是泉州人，南安、同安綴鄭成功來的是頭一批，了後，有惠安、晉江，閣來是漳州、汀州、福州、客人紲紲來，阮三芝上趣味，以三芝街仔為界，泉州、漳州拄好仔一半一半。

向西倚淡水彼半是泉州人，講的是同安腔，向東倚石門這爿是漳州、汀州人，講的是漳州腔，參宜蘭人仝款，門講 muî，卵講 nūi，酸講 suinn，我細漢就是按呢講！

抑若去學校讀冊，無仝庄的人，講話腔口無仝，初起會感覺誠心適，抑嘛會互相恥笑，毋過久去就慣勢矣！

這馬逐家攏無咧講台語，學台語真濟人是靠教典，教典採用的是漳州腔，泉州腔漸漸較無人講，台語若會死，泉州腔會死代先！

～～～～～～～～～～～～～～～～～～～～～～～

《註解》

1. 火籠 hué-lang：竹編的籃子放一個瓦缽，裡面放木炭來取暖
2. khat 湯：khat(舌斗）舀湯
3. 紲 suà：接續
4. 這爿 tsit-pîng：這邊
5. 代先 tāi-sing：在先

#李恆德台文集
2019.1.11

阿媽縛的粽

食著今年的頭一粒肉粽
是一个好朋友送的
好朋友大概是同情我講阮某食菜
我無肉粽通好食
伊閣知影我愛食的是這種南部粽

是啥人講這種粽叫南部粽
明明我是台北人
自細漢食阮阿媽縛的就是這種粽

細漢的時足愛看阿媽縛粽
逐擺欲縛粽的時伊就愛攢足濟款料
除去秫米、粽箬以外
閣愛攢豬肉、蚵乾、芋仔、塗豆

阿媽用的粽箬毋是咱這馬一般咧用的粽葉，粽
葉是竹葉仔，粽箬是竹筍佮竹椏幼穎的殼，白
色的，一般是用來做笠仔的！

做的時粽箬愛先洗清氣曝予焦
豬肉先切塊豉鹹　芋仔切角

秫米濫垫豆用五香胡椒僥僥咧
縛的時先共秫米园咧粽箬仔內
才閣每一粒粽园一塊豬肉、一粒蚵乾、閣幾粒
仔芋仔角

縛好了後园咧鼎 e 煤
煤甲熟的時，欲食敨開，米攏無縫
這款就是我自細漢上慣勢食的滋味

米煤甲親像粿遐 khiū，遐的料的味攏食咧米內
底，尤其是彼粒蚵乾，甘甜仔甘甜的滋味，到
今猶予我想著會流喙瀾！

食慣勢阿媽縛的粽，這馬彼號啥物北部粽我根
本就食袂慣勢，因為彼佮油飯無啥物差別，欲
食，規氣去食油飯就好矣嘛！

～～～～～～～～～～～～～～～～～～～～～

《註解》
1. 食菜 tsiàh-tshài：吃素
2. 攢 tshuân：準備
3. 秫米 tsùt-bí：糯米

26

4. 塗豆 thôo-tāu：花生
5. 豉鹹 sīnn-kiâm：醃漬
6. 僥僥 hiau-hiau：攪拌
7. 园咧 khǹg-teh：放在
8. 煤 sàh：水煮
9. 敨 tháu：解開
10. khiū：（食丘）彈牙
11. 喙瀾 tshuì-nuā：口水

#李恆德台文集
2019.4.29

挽茶仔查某

挽茶查某枵鬼祭
五斤鹹膎做一叉
腹肚若枵毋免假
食會落腹是咱的

這是阮做囡仔時代不時聽著的一首四句聯，用
耍笑的口氣，創治挽茶仔查某食飯用搶的，攏
無顧體面，嘛毋驚予人探聽！表面上是敢若咧
譬相，實際上是描寫著挽茶仔查某的心酸！

阮三芝出茶，通三芝的土地毋是田就是茶，上
普遍的景致就是厝頭前是田，厝後溝就是茶園！

三芝的作穡人上苦憐，也著上山，也著落田，
查某的嘛仝款，人做田伊曝粟，人種茶剿草伊
上山挽茶，一年週天，無一時閒！

阮兜有田贌予人做，毋免落田做粗重，毋過茶
山家己做，項項愛家己；掘茶欉、剿茶草倩人，
挽茶阮母仔愛親身去挽，無夠才閣倩人來鬥，
頂家下厝，姆仔嬸仔，相招來相佝，上捷鬥陣

28

的是頂屑阿埠姆仔，下屑補鼎仔嫿，攏是固定跤。

茶菜挽起來照秤重，彼時的工錢，一斤才兩角銀，茶菜輕秤，挽一工貼貼，上 gâu 挽的，嘛挽無一百斤，趁無 20 箍！

上辛苦是挽「夏仔茶」熱天當熱，佇茶園向規工，頂煎下逼，熱甲不時嘛會「著痧」，著痧嘛無通歇睏，叫人用手捻捻咧，嘛閣繼續！

抑若中晝飯擔來，頭家喝一聲講「食飯喔！」眾人即時圍倚來，碗箸趕緊捎來，菜湯先啉兩碗止喙焦，紲落來飯用碗公仔大大碗 khat 一碗，菜大大叉兩叉，捽去邊仔，袂顧咧予人笑講枵鬼，趕緊大喙屄屄咧，因為誠是枵會死矣啦！

想著這，我會目屎流，因為我的阿母較早嘛是挽茶仔查某的一份子，阿母的辛苦，我竟然一世人攏無機會來報答伊！

～～～～～～～～～～～～～～～～～～～

《註解》

1. 枵鬼祭 iau-kuí-tsè：餓死鬼一般的吃相
2. 鹹膎：鹹的醃漬物
3. 譬相 phì-siùnn：嘲笑
4. 贌 pa̍k：將田地租給人耕作
5. 倩人 tshiànn--lâng：雇人
6. 茶菜 tê-tshài：剛採下來未加工的茶葉
7. 著痧 tio̍h-sua：中暑

#李恆德台文集
2018.7.19

就是想欲共你食落去

一部西遊記三藏取經的故事
就是沿路妖精欲掠三藏去食的故事
因為三藏生做緣投幼秀斯文閣優雅
面模仔比較當今的金城武猶閣贏幾落分

世間好食物仔人人愛
東港烏饗串
日本和牛
北海道帝王蟹
加拿大野生紅鱒魚
攏是予你干焦想就流喙瀾

毋過遮的攏無啥物了不起
in 的滋味猶綴三藏的肉綴袂著
我無講你毋知,講了你就知

妖界的江湖流傳
三藏的肉毋但好食閣有補
鮮甜多汁袂臭羶閣袂礙胃
食一塊三藏的肉,勝過修練一甲子
抑若食一支跤腿毋就勝過三千年

話是按呢講，其實講這攏無內行
比較阮兜彼隻細隻 e，三藏算啥

阮兜彼隻細隻 e 我痟想欲共食，痟想足久 a
今 a 出世一隻紅記記較無好食款
了後愈來愈大隻愈來愈好食款

機會來矣袂使無把握
趁咧共伊洗身軀換衫的時
我向落去用面輕輕 a 共挼伊的「小鳥」
喙那喝講：「吃小鳥，吃小鳥！」

伊共我講：「小鳥不能吃！」
我講：「為什麼？」
伊講：「我的小鳥要尿尿，臭臭不能吃」

我換進攻伊的面
代先共講：「那我吃你的鼻子好了！」
伊嘛是講：「鼻子不能吃」
問伊：「為什麼？」
伊講：「我的鼻子要呼吸，被你吃了會死掉！」

我講：「那我要吃眼睛！」

伊緊講：「吃眼睛會害我看不見，不能吃」

姑不得已，我講：「那我吃牙齒好了！」
伊講：「牙齒像蛤蜊一樣硬，你吃不動！」

伊應這句害我笑甲腹肚疼！
這个孫，巧，頭腦好，gâu 應話閣袂跳針
立場堅定，寸步不讓
阿公只有乖乖投降認輸囉！

~ ~ ~ ~ ~ ~ ~ ~ ~ ~ ~ ~ ~ ~ ~ ~ ~ ~ ~ ~

《註解》
1. 烏甕串 oo-àng-tshǹg：黑鮪魚
2. 紅鰱魚 âng-liân-hî：鮭魚
3. 流喙瀾 lâu-tshuì-nuā：流口水
4. 綴 tuè：跟隨
5. 臭羶 tshàu-hiān：臭腥味
6. 捼 juê：輕輕搓揉

#李恆德台文集
2019.5.29

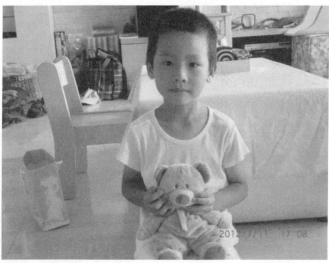

厚話得人疼

「阿公，以後你若死，我欲愛你這个皮包仔，
毋通拍損！」

幼稚園 iu-tsí-ián 下課，我去接伊轉來，天氣誠
熱，我先焄伊去食冰，冰食煞，我去櫃台納錢，
伊綴咧我身軀邊，看我摕彼个皮包仔出來，伊
跍邊仔就發表意見，講這句戇話！

戇話講煞，看我佮櫃台小姐攏笑笑出來，伊感
覺誠得意，戇話就繼續講落去：
「等阿媽若死，伊彼个皮包仔愛予弟弟，按呢
較公平！」

伊紲這句，予我佮小姐笑甲閣較厲害，伊規氣
閣紲一句：
「媽媽若死，我欲換伊彼个，伊彼个較新！」

小姐聽了講：「小朋友，你哪會遮 gâu 講話！」
有影，伊有影誠 gâu 講話，你共聽這三句，逐
句攏足有道理，上重要的是「邏輯思考」誠好，
「口才表達」嘛一粒一！

阮這个查某孫是我頭一个金孫，伊出世的時，in 母 a 猶咧上班，我和 in 阿媽去 in 兜鬥焄，等 in 小弟出世，伊就來阮兜踮。

in 母 a 做月內，阮共「月子餐」公司訂餐予伊，「月子餐」公司早頓真早就送來，in 母 a 猶咧睏，阮叫 in 先送來阮兜，我才提去予伊。

每早起人送餐來，阮這个孫真雜插，一定愛徛咧門頭仔等，等門拍開，伊會共送餐的阿伯講：「阿伯早，我兩歲五個月！」一個月送餐，伊逐工講這句講袂 siān！

伊踮阮兜踮，共阮兩个老翁婆仔舞甲無閒 tshih-tshih，毋過嘛予阮舞甲鬧熱滾滾，歡頭喜面！

伊精神十足，愛講話，愛鬧熱，愛人焄伊四界迌迌，暗時仔欲睏進前，愛閣佮伊講故事，教伊唱囡仔歌，一百輾週舞透透，足足愛舞規點鐘，伊才甘願欲睏，誠忝！

有一擺 in 阿媽喝講跤疼，伊緊共 in 阿媽講：
「阿媽，以後我欲共你揀輪椅！」，in 阿媽聽
了緊講：「毋免，你去共恁阿公揀就好！」

伊愛唱歌，我就共我做囡仔時代學的歌攏提出
來教伊，有一擺拄兒童節，我教伊阮古早的兒
童節歌：

「四月四日兒童節，我們兒童最快樂，燕子啣
泥來做巢，蜂兒採花去釀蜜，爸爸媽媽雙手拍，
說是春光明媚好時節，萬物生氣正蓬勃，兒童
們大家都快樂！」

這條歌伊真緊就學起來，去「外婆」兜唸予 in
「外婆」聽，in「外婆」講毋捌聽過，去姑婆
兜，唸予姑婆聽，姑婆嘛講毋捌聽過，予伊感
覺誠得意，嘛感覺阿公誠厲害！

閣有一擺，我教伊這條「流水」：「門前一道清
流，夾岸兩行垂柳，風景年年依舊，只有那流
水總是一去不回頭，流水啊，請你莫把光陰帶
走！」

唱甲遮，伊忽然間大聲哭出來，講「為什麼要把觀音帶走，我不要！」

啊，戇孫，是「光陰」毋是「觀音」啦，你毋免緊張，你綴阿媽逐工拜觀音佛祖，對觀音佛祖遮有感情，觀音佛祖嘛知影你愛伊，伊會保庇你平安 gâu 大漢啦！

～～～～～～～～～～～～～～～～～～～～

《註解》

1. 拍損 phah-sńg：浪費，可惜
2. 撏 jîm：掏
3. 紲 suà：接續
4. 一粒一 it-liảp-it：一等一
5. 雜插 tsảp-tshap：管閒事，湊熱鬧
6. 一百輾迥 tsit-pah-lìn-thàng：五花八門，花樣百出
7. siān：（𠊎善）厭煩，疲憊
8. 揀 sak：推

#李恆德台文集
2019.5.31

阿媽的心

阿媽去開刀蹛院
親像關雲長流落曹營
身在曹營心在漢

關雲長佇曹營
曹孟德對伊：「上馬金，下馬銀」
「三日一小宴，五日一大宴」
毋過關雲長不為所動
心心念念猶是伊的大哥劉備

伊佮曹操明品
便若予伊聽著 in 大哥的行跡
伊半暝半嘛欲拚過去

阿媽住院的心情
袂輸當年的關老爺
倒佇病床較想的嘛是厝裡的代誌

頭一項想著的是彼个大漢孫
毋知伊感冒好抑袂？

第二个想著的是彼个細庀的
想講伊哪會遐 gâu？
一隻細仔隻仔爾，摃球哪會遐有力

閣想著伊這馬當咧大，兼講逐工按呢操練
照講是逐工愛枵 sah-sah 才著
哪會猶閣遐爾仔歹喙斗

閣來是 in 兩个後生
大漢的無閒開刀
細漢的出國演講
逐工遐無閒
毋知身體會堪得袂？！

抑若身軀邊我這个老的
伊喙講免伊操煩
毋過拍派工課攏會去想著

雖然有倩看護
有的代誌
猶是交代老的去做較放心

叫喙以外猶閣千交代萬交代

袂使予人知影伊蹛院
因為伊無愛予人來探病

上重要一層
清明節到矣
愛會記得去培墓

咱兜雙字姓
清明培墓愛走四位
二門私的，二門公的
會記得四份禮數愛攢予夠

咱是拜素的
餅乾、果子，愛按怎攢
銀紙炮蜀愛去佗買

上要緊的是花
四位四對，愛冗早吩咐，冗早去提

阿媽交代的代誌我攏記記在心
因為伊是「太后」
我就是太后身軀邊的彼个「小德張」啦！

～～～～～～～～～～～～～～～～～～～

《註解》

1. 明品 bîng-phín：擺明著有言在先
2. 便若 piān-nā：一旦是
3. 細庀 sè-phí：排行小的，小不點
4. 枵 sah-sah：很餓很餓的樣子
5. 歹喙斗 pháinn-tshuì-táu：挑食
6. 拍派 phah-phài：支使，指派
7. 冗早 liōng-tsá：提早

#李恆德台文集

2019.3.26

冊包仔

台灣人講讀書有兩種講法，有人講「讀書」，有人講「讀冊」，大約來講，講泉州腔的人講「讀書」，講漳州腔的人講「讀冊」。

所以講泉州腔的人去學校愛揹「書包」，講漳州腔的人去學校愛揹「冊包仔」！

阮做囡仔時代，讀冊猶毋是真普遍的代誌，雖然政府推行國民義務教育，細漢囡仔普遍攏有入學，毋過大人有讀冊的猶是真少數。

大人普遍無讀冊，無讀冊的人咱台灣話共伊叫做「青盲牛」，因為無讀冊毋捌字，親像一隻青盲的牛仝款，行無路足苦憐！

青盲牛毋捌字，對讀冊真好奇，所以會提「讀冊」佮「讀書」兩句的話音來譬相。

講「讀冊」的人會講「讀冊讀冊愈讀愈感」感是受氣的意思，佮冊仝音，意思講讀冊讀無，會愈讀愈受氣！

講「讀書」這爿嘛有講「讀書」的孽潲話，講「讀 tsi 毋讀 tsi，tsi 皮抓抓破」，刁故意共書讀做 tsi，毋才有笑話通好講！

這馬的囡仔用的冊包是用揹咧尻脊骿的揹仔，阮彼時的冊包是揹咧肩頭的袋仔，親像這久普遍用的「購物袋」彼款！

毋過彼種袋仔嘛毋是普遍有的，阮兜的囡仔用的冊包是阿母親手做的，別人大部分的囡仔尤其是山頂囡仔，其實是僅有用一條布巾仔解決！

彼條布巾仔就是人講包袱巾仔彼款，欲學校就共彼幾本仔冊佮兩支仔鉛筆用包袱巾仔包包款款咧，外口用一支鉼針鉼著才袂散去，了後共伊揹例尻脊骿，雙頭扯咧胸前，按呢輕可閣扭掉，誠好勢！

阮兜因為有阿母做的冊包，所以阮無機會揹彼號布巾仔，按呢照講阮是較好空較幸福才著，毋過阮大兄看人揹布巾仔顛倒較欣羨，足想欲綴人按呢揹。

有一工伊共阿母討講伊嘛欲揹布巾仔出門，阿母聽著起愛笑，毋過嘛是允伊！

彼工阮這个悾大兄誠實歡歡喜喜綴人揹一條布巾仔出門，看伊歡頭喜面誠爽的款，啥知笑話就佇後壁發生。

伊放學的時，一个歡喜到地矣，參人沿路行沿路講話，講甲比跤畫手，啥知不幸伊的布巾仔鉼針鉼無好勢，冊落落落來，因為伊顧講話，冊落去伊嘛毋知！

等到伊到厝，布巾仔敨開才發見講害矣，冊無去矣，這聲驚一下險疶屎，趕緊走回頭去揣！

好佳哉伊落的遐拄好佇熟似人金水英仔 in 門口，金水英仔有共拄起來，毋過拄著落雨天，已經溼甲澹漉漉閣塗了了！

到我來台北讀高中的時，查埔學生，攏會趕緊去中華商場買一跤相片內底這種冊包。

彼種冊包帆布做的，絨仔的內裡，銅的觸鈕仔佮牽仔，有夠高尚，無揹彼敢若無成高中生！

會記得彼時一跤彼種的冊包是 60 箍，60 箍是偌濟？60 箍拄一張台北市學生仔的公車月票，嘛等於 60 碗陽春麵，抑是 12 碗牛肉麵，抑是 30 盤臭豆腐！

幾年後我去做兵，才知影彼種冊包其實是美軍的「防毒面具袋」，美軍的軍用品外口攏買會著，因為銷路大，美國仔的供應商就盡量供應！

這个代誌，外口有流傳一個笑話：
有一擺有一个美國國會議員來台灣訪問，欲轉去進前，有記者問伊對台灣有啥物感想？伊講伊發見台灣的「防空防毒」的工課做了誠好，問伊為啥物，伊講伊發見台灣的學生仔，逐个出門都攏有揹「防毒面具」出門！

原來伊講的就是阮遮的高中生揹的冊包仔啦！

～～～～～～～～～～～～～～～～～～～～

《註解》

1. 譬相 phì-siùnn：嘲諷
2. 慼 tsheh：傷心
3. 孽潲 giàt-siâu：不正經
4. 尻脊骿 kha-tsiah-phiann：背後
5. 扭掠 liú-liàh：輕快
6. 疶屎 tshuah-sái：瀉肚
7. 滒 kō：沾
8. 澹漉漉 tâm-lok-lok：濕淋淋
9. 觸鈕仔 tak-liú-á：暗扣

#李恆德台文集

2017.4.4

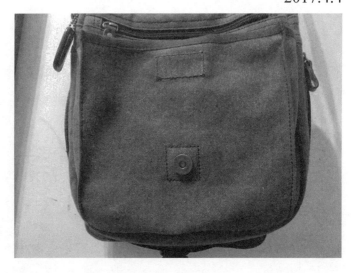

布房

我細漢佇三芝蹛的彼塊厝叫「布房」
聽講彼个所在自本是「染布的所在」

古早古早，逐家家己紡紗，家己織布，織了提
來阮遐染，所以共遐叫布房。

是講，彼嘛是聽人講曷爾，真正布房生做啥款，
我出世毋捌看-e，問大人嘛無人知！

阮兜來布房是阮阿祖的的時代搬過來的，我講
的阿祖是阮老母姓曾這爿的阿祖，而且彼時阿
祖已經過身，真正扑手頭的是阮查某祖仔！

阮姓曾這爿的祖先，對唐山來台灣到阮阿祖這
代是第三代，自本蹛佇三芝上鬧熱的埔頭街仔，
這馬媽祖宮彼个所在。

彼時庄長曾石岳欲起媽祖廟，需要有人獻土地
來起，阮查某祖仔就共土地獻出來！

曾石岳本身是三芝第一富戶，當初共日本人牽

來埔頭設官廳、役場、公學校、組合等等機關，予埔頭街仔變三芝上鬧熱的所在的，就是伊！

埔頭街仔的土地，將近有一半是曾家的，曾家有兩柱，曾石岳彼房是大柱，曾石岳的阿公和阮阿祖的阿公是親兄弟，當初兩兄弟作伙對唐山來三芝開墾的。

因為曾石岳 in 阿公是大兄，功勞較大，錢趁較濟，所以 in 是第一富戶，阮這爿是小弟，雖然嘛袂穩矣，毋過參 in 彼爿是有影袂比之！

講一个例予恁聽，恁就知！
阮做囡仔的時，囡仔人若嫌無菜，無愛食飯，序大人就會講：「無愛食，無愛食，去出世予「火中仔」做囝！」

表示講予「火中仔」做囝，in 兜好額，才有好料通食，若無就愛較認份咧，毋通嫌無菜！

這个火中仔就是曾石岳的後生，也就是李登輝的丈人，本名叫曾慶餘，火中仔是偏名，聽講彼時伊有三千石租，照彼陣的行情，一甲地有

30 石租，三千石租，就是有一百甲田園！

彼陣曾石岳是日本人官派的庄長，有一擺來台北州廳開會，看著州廳會議室後間仔有一尊媽祖的金身，問起來是早前清國台灣省巡撫起的媽祖廟所奉祀的金身。

彼間媽祖廟自本是起佇這馬 228 公園的所在，日本人來了後，為著欲共彼个所在開闢做公園，所以共媽祖廟拆掉，媽祖金身，就暫時囥佇州廳的後間仔！

曾石岳看著彼尊金身，就想著講欲共伊迎轉來三芝奉祀，經過州知事允准，這尊金身就迎來三芝！

轉來了後，就趕緊來起廟，起廟頭一項就是需要廟地，論真，曾石岳遐好額，廟地愛伊家己來獻才著，為啥物伊無獻，予阮查某祖仔獻？

是阮查某祖歡喜甘願，相爭欲獻，抑是曾石岳勢大，叫阮落去獻，細漢無聽人講，阮嘛毋知！離開埔頭街仔，阮搬來布房，因為彼跡自本是

阮的田地，地主搬來田地是真自然的代誌！

布房離埔頭街仔大約一公里，行路免甲 10 分鐘，講起來真近，毋過論真是兩个世界。

埔頭街仔，有機關學校，有規排的店面，有紅毛塗路，有電火，日時鬧熱滾滾，暗時光燦燦，布房是庄跤，無電火，暗時恬 tsiht-tsih 閣烏趖趖！

毋過庄跤有庄跤的趣味，無鬧熱，嘛有阮心適快樂的所在，掠田嬰、黜蜂岫、灌肚猴、放風吹、釘干樂，享受大自然的涼風，跍溪潭仔撈蝦仔耍水，無煩無惱，無憂無愁，予我細漢踮布房的日子，嘛留著真快樂的記持！

我讀初中的時，有一位老師姓何是佇大陸做將軍退落來的，伊有一擺散步來甲阮對面路口，看著阮布房這塊厝，第二工共我講：「你們家那塊地風水很好，將來會出能人！」

哈哈，何老師所言不虛，這句話應著阮大兄，曾博義，民國 49 年建中畢業，第一名保送台

大醫學院，56 年畢業了後佇台大服務一站，了
後去美國專攻小兒科新生兒醫術，是美國小兒
科新生兒醫學會院士，按呢有 gâu 無？

~ ~

《註解》

1. 細漢 sè-hàn：小時候
2. 毋捌 m̄-bat：不曾
3. 過身 kuè-sin：過世
4. 扞手頭 huānn-tshiú-thâu：當家
5. 組合 tsoo-ha̍p：農會
6. 序大人 sī-tuā-lâng：長輩
7. 好額 hó-gia̍h：有錢
8. 囥佇 khǹg-tī：放在
9. 紅毛塗路 âng-mn̂g-thôo-lōo：水泥路面
10. 烏趖趖 oo-sô-sô：黑漆漆
11. 拈田嬰 liam-tshân-enn：捉蜻蜓
12. 黜蜂岫 thuh-phang-siū：搗蜂窩
13. 灌肚猴 kuàn-tōo-kâu：灌蟋蟀
14. 放風吹 pàng-hong-tshue：放風箏
15. 釘干樂 tìng-kan-lo̍k：打陀螺

記持

我的面冊有時會寫一寡囡仔時代的故事
有面友呵咾講我的記持誠好
我應伊講:「老人攏按呢,串講講過去,隨講
隨袂記」

按呢講是客氣,毋過嘛有幾分事實
客氣的是,人共咱呵咾,咱敢會使講:「he-
mē~~,你講有理」!
事實的是,我做囡仔的時有影記持袂穤!

咱傳統的教育,學問好穤,用考試決輸贏!
考試的方式就是共課本的標準答案背起來
背愈濟,愈接近課本,分數愈懸
所以記持好的人,考試就輕鬆!

這步我上 gâu
所以我自國民學校一年仔開始,到初中畢業,
年年考一名
是彼種大細項考試逐擺攏包辦一名,而且閣是
全年級一名的彼種!

事實我並無認真咧讀冊
人講好學生讀冊，課前愛先看，上課愛認真聽，
轉去愛複習，我攏無！

上課雖然有咧聽，毋過無偌認真，因為老師講
的我攏聽有，課本寫的我攏看有，上課輕可無
負擔，量其約仔聽一下就好矣。
其他講著課前課後的齣頭我就攏無按呢做！

食老了後，逐擺若去參加國校仔抑是初中的同
窗會，in 上愛問我的問題就是，你是按怎讀，
哪會逐擺一名攏是你，阮讀甲欲死，連佮你輪
一擺-a 的機會都無！

我共 in 講事實我無咧讀冊，in 聽了足不服，
足受氣，閣毋相信！

我歹勢講，是恁「笨蛋」毋是我 gâu！
我只有笑笑仔解說予 in 聽！

舉一个咧來講，較早讀初中的時，逐擺若上國
文課，到下課進前 10 分鐘，老師會講：「這課
要背，現在還有 10 鐘下課，你們先把課文讀

熟一點，回去再好好背，下禮拜背給我聽」！

我逐擺攏是用彼 10 分鐘就共背起來，背好勢，轉去無閣讀，後禮拜老師考，我照常輕鬆過關！

聽我按呢講 in 只有講：「無法度，是你好命，阮無彼號命，綴你袂著！」

其實我按呢對我並無好處！
因為細漢讀冊傷簡單，攏想講考試應付會過會贏人就好，哪有需要認真。

結果是害我大漢煞變成袂曉讀冊的人，毋知影讀冊愛認真愛食苦，煞應著彼句：「小時了了，大未必佳」的話，對對對，無毋著！

好佳哉，我這種貧惰讀冊的歹習慣，阮兩个囝攏無頂，因為 in 可能傳著 in 母仔的個性，閣自細漢就有 in 母仔的雕督！

這幾年我行入台語界，讀也認真，寫也認真，教也認真，阮某笑我講：「你早若遐認真，早成物矣！」講甲我好親像足毋成物！

這份好記持，予我讀冊輕鬆，因仔時代過著優悠快樂的日子，嘛為著這份好記持，予我對讀冊這種莊嚴神聖的代誌，心生怠慢，致使我平庸一生，會使講成也記持，敗也記持！

雖然是按呢，我猶是共當做是爸母予我的好禮物，一世人永遠永遠的感激！

人講人生的劇本早就寫好，一世人就是照劇本咧行，我感覺我的劇本寫了嘛袂穤，佮大富大貴無緣又何妨，輕鬆快樂就好啊！

若有後出世，劇本會當家己選，我猶是想欲閣選我這馬這本好啦！

~ ~

《註解》
1. 記持 kì-tî：記憶
2. 串講 tshuàn-kóng：每次都這麼講
3. 輕可 khin-khó：輕鬆不費力
4. 量其約 liōng-kî-iok：大約

5. 貧惰 pîn-tuānn：懶惰
6. 雕督 tiau-tok：監督，督促
7. 成物 tsiânn-mǹgh：像樣

#李恆德台文集
2018.1.30

「尼泊爾的坪仔田」，張寶成大師攝影美照欣賞

食肉

彼年我國校仔四年的,算起來是民國 43 年,舊曆三月十五,佇阮三芝土地公埔,阮細姑仔in 兜

彼工 in 兜刣豬公拜拜請人客,就是拄搪淡水三芝地區九个地頭,輪番刣豬公拜「保生大帝大道公」,彼年輪著 in 土地公埔的日子,我去in 兜予伊請。

人客真濟,猶未開桌進前,我和一陣囡仔踮稻埕耍,忽然間,細姑仔出現,手捀一塊碗公,碗公仔內一堆現煠的瘦肉丸,細姑仔來到阮遮的囡仔面頭前,數个仔提一塊肉共窒對 in 的喙內!

現煠的瘦肉猶燒燒,搵豆油食清甜袂臭羶,哺著閣有肉汁,食著飽喙閣紲氣,予我感覺哪會遮好食!

細姑仔內行閣體貼,知影遮的囡仔,逐家攏是庄跤囡仔,平常時仔欠油臊,有肉通食上歡喜,

刣豬公，肉上濟，毋免料理，直接割一塊大大塊，簡單煤煤咧分予 in 食 in 上愛，！

有影就著，彼個時陣差不多 60 幾年前的年代，家家戶戶攏嘛按呢，平常時仔三頓就是鹹酸苦洘，泔糜仔配鹹觫仔豆醬仔過頓，欲食肉，愛等年節仔，上無嘛著愛做一个「瘦忌仔」，才有買一塊三層肉仔來拜，才有通食！

上歡喜的是過年，彼暗欲圍爐進前，聽著阿媽佇灶跤剁雞肉，阮就暢咧等，一隻雞二支腿，阮兩兄弟仔，一人一支，大姊無份，分一支翼股，一年一擺單獨享受一支雞腿，有夠滿足。

時間來到民國 60 年，彼年我佇金門做連長，拄著過年，我交代士官長講，過年彼暗，小拍算一下，攢一下仔較豐沛咧，通好共阿兵哥仔好好慰勞一下！

彼時的士官長猶是老士官，比我加足濟歲，老經驗老根節，一个連敢若一个家庭，厝內的代誌，大大細細我攏會問伊，抑是交待伊來做！

結果士官長共我講，毋免煩惱，過年彼暗，紅燒肉滷一大鼎，閣簡單炒二个仔菜，予 in 肉食有夠氣就好，因為 in 平常時仔逐工做工辛苦，食肉補氣力上合味。

彼時做兵的人攏有彼號經驗，若去福利社食飯，有一个菜一定愛點，就是「炒回鍋肉」，彼是外省仔菜，正港的兵仔菜，做法簡單，就是共一塊三層先煤熟，才閣切片落鼎參蒜仔落去炒，上好淋寡番薑仔醬，配飯配酒攏一等一，到今我猶愛食，毋閣罕得看著矣！

台北大稻埕媽祖宮廟埕的早市，這間排骨湯，就是小排規鉼參菜頭落去炕，無參任何配料，欲食才撈起來怗鉸刀鉸，排骨清甜的滋味，予我想著 60 幾年前佇細姑仔 in 兜食豬公肉的滋味。

彼毋但是鄉愁，是真真正正干焦想就會流喙瀾的好滋味！

～～～～～～～～～～～～～～～～～～～～～

《註解》

1. 拄搪 tú-tñg：剛好碰到
2. 稻埕 tiū-tiânn：曬谷場
3. 煠 sàh：水煮
4. 窒 that：塞
5. 瘦忌仔 sán-kī-á：久遠的祖先忌辰，簡單不隆重的祭拜
6. 老根節 lāu-kun-tsat：老謀深算
7. 落鼎 lòh-tiánn：下鍋
8. 規鍽 kui-phiánn：整片

#李恆德台文集
2017.3.15

阿媽的話

「蟯仔釘膦脬真歹拍
　老陵伯 a gâu 飼鴨
　飼去大隻毋大隻
　貓進師 gâu 疊壁
　疊去勇毋勇
　老堅嫂 gâu 相嚷
　嚷去大聲毋大聲
　桃 a 愛 gâu 討契兄
　討去濟个毋濟个
　心 a 炎嫂 gâu 挽茶
　挽去濟斤毋濟斤
　歪尾桃 a 愛食烏薰
　烏薰食去濟撥毋濟撥
　心 a 炎嫂 gâu 笨掙」

這是細漢的時聽阿媽唸的「唸謠」，描寫的是
阮「小基隆」庄頭一寡 gâu 人的形狀，包括「飼
鴨的」「疊壁的」「相罵的」「討契兄的」
「挽茶的」「食烏薰的」「厚性地的」，其中
這个炎嫂 a 就是阮查某祖 a，也就是阮阿媽的
大家！

63

這首唸謠形容的對象攏是 100 年前基層社會的小人物，毋但有正當的行業，嘛有奇奇怪怪的行為，用的話語有粗有幼，用的口氣是呵咾兼譬相，非常好笑！

阿媽無讀冊，伊出世佇清國，經過日本仔，活到民國，所以伊的頭腦就是一部咱台灣的活的歷史。

伊的知識攏是聽來的，用喙俗人交換來的，伊的世界無 la-jí-ioh，無電視，無電影，無網路；用唱山歌相褒，唸歌謠相落氣，就是 in 彼個時代的娛樂，嘛會使顯示彼个時代的背景！

親像這條就是描寫日本仔起山的歌：
「日本起山戴紅帽
　肩頭攑銃手攑刀
　手提龍 a 銀欲問嫂
　咪咪膜膜嫂聽無」
日本兵仔的形狀描寫了足活的！

阿媽頭腦誠好，日常講話有智慧的俗諺語攏會

溜喙出，可比講：

勸人做某毋免相 gâu 管翁：「嚴官府出厚賊」
勸人有代誌愛家己參詳：「三廳官袂斷咧家內事」
勸人食老愛惜老本：「親生囝袂值得荷包銀」
勸人做人愛知恩報本：「食人一斤嘛愛還人四兩」
勸人愛守本份：「毋通四兩鈗仔無除」
勸人查埔人身體愛顧：「儉色較贏儉粟」

親像這種的話，就是 in 彼輩的日常的話，這馬聽起來，逐句攏是寶，誠拍損，我彼時袂曉用錄音機共錄起來！

有人問我講我的台語佇佗位學的，我講我的台語就是共阿媽學的，阿媽就是我台語研究所的指導教授啦！

~ ~

《註解》
1. 疊壁 thiàp-piah：砌牆

2. 相嚷 sio-jióng：吵架，相罵

3. 討契兄 thó-khè-hiann：女人軋姘頭

4. 烏薰 oo-hun：鴉片煙

5. 撥 puah：抽煙一支叫一撥

6. 笕掣 tsháinn-tshuah：使性子，發脾氣

7. 厚性地 kāu-sìng-tē：愛發脾氣

8. 譬相 phì-siùnn：揶揄，嘲諷

9. la-jí-ioh：收音機，日語轉來的外來語

10. 咪咪膜膜 mi-mi-mooh-mooh：口齒不清狀

11. 溜喙出 liu-tshuì-tshut：順口就講出來

木火伯 a

和恁舅公遐仝款
原來你是有祖傳
鬍鬚夥滫兼屏斗
項項種了有完全

前兩工中秋節前後，我有成禮拜時間無課，毋
免出門我就貧惰剾喙鬚，無幾工我就喙鬚鬍鬍，
阮某看著講我按呢看來和「木火伯 a」足成的！

阮某講的這个「木火伯 a」就是阮舅公，阮阿
媽的親小弟，和阮阿媽真親，不時有來去，所
以我自細漢就真捷看著伊！

木火伯 a 佇三芝上鬧熱的彼條街仔開一間雜
貨仔店，佇我細漢的時，也就是民國四十幾年
的年代，in 兜彼間算講是三芝上大間的啦！

彼時無親像這馬有便利商店，有大賣場，咱人
日常欲用的，差不多攏愛揣雜貨仔店。

有人生囡仔做月內，愛去雜貨仔店搭蔴油，掐

燒酒；有人做生日請人客，愛去雜貨仔店買麵線買鴨卵，拄著鬧熱擺辦桌，鰇魚、蚵乾、蝦米、金鉤、磅皮、塗豆、米粉、麵；年節仔拜拜，金紙、銀紙、香、炮仔、蠟燭，平常時仔，油、鹽、味素、豆油、番仔火，逐項攏是揣雜貨仔店買的！

所以阮舅公的雜貨仔店足鬧熱，古早時代山頂人攏早起來，差不多免甲七點人客就來佇遐等，七點伊就愛準時開門，一下開門阮舅公本人和二个表叔，三个人就愛連紲無閒甲中晝猶無通歇睏！

因為以前物件毋是親像這馬，有包裝，有標價，家己提就會使，以前人客愛啥，店主愛替伊款，替伊裝，閣秤好，才算錢，真麻煩，所以以前開雜貨仔店，愛跤手猛掠，頭腦清醒，無是有影袂秩瀾！

是講無閒歸無閒，店主嘛是愛會曉和人客答喙鼓，博感情，目色閣愛較好，人客來愛隨會曉叫人的名，和伊講話話題嘛愛會對同！

抑若這，阮舅公上 gâu，伊逐个人客都捌，逐家伊都有才調和伊開講講耍笑，有時閣會共創治，予伊創治的山頂人嘛攏歡喜甲！

阮舅公人生做懸大漂撇，三芝公學校第一屆出業，佇地方算講有面望的人，日本時代做過「壯丁團長」愛領隊來淡水操練，接受「淡水郡守」的校閱，聽講伊號令喝了誠好，算講嘛蓋臭屁！

我做囡仔時代，庄跤猶無牽電，阮兜蹛庄跤，暗時猶點油燈仔，我便若去舅公 in 兜，看 in 有電火，有電風，有 la-jí-ioh 有影足欣羨，尤其看舅公坐咧數櫃，那摘算盤那參人客開講，閣會講甲予人客笑哈哈，感覺伊有影真了不起！

阮舅公的面容有淡薄仔戽斗閣喙鬚鬍鬍，做人孽潲愛講耍笑閣愛創治人，是有名的講仙，我食老才愈感覺原來我和伊有足濟所在真相 siāng，雖然隔一代，傳遮爾齊著，算講是「隔代遺傳」啦乎！

～～～～～～～～～～～～～～～～～～～～～

《註解》

1. 孽潲 giȧt-siâu：調皮
2. 戽斗 hòo-táu：長下巴
3. 種 tsíng：遺傳
4. 足成 tsiok：很像
5. 番仔火 huan-á-hué：火柴
6. 鬧熱擺 lāu-jiȧt-pái：廟會的時候
7. 磅皮 pōng-phue：爆豬皮
8. 煠袂爛 sȧh-bê-nuā：幹不了

#李恆德台文集

2019.2.27

阿母的外家厝

阿母的外家厝就是阮兜
因為阿母無嫁，阿母是招翁的！
所以阿母無外家厝，阿母無外家厝通轉！

彼年老爸過身，阮大兄對美國趕轉來，到厝的
時已經是老爸去了的第三工矣
我彼時踮嘉義，接著通知我和阮某現日就緊趕
轉去，比大兄早兩工到厝。

彼年老爸 72 歲，伊的前某就是阮老母生的三
个，我上細漢已經 47 歲，伊的後娶的生的四
个，上細漢彼年拄好大學畢業，上大漢的已經
30 歲矣！

簡單講老爸去彼年，老母已經早伊過身 29 冬，
去的時才 42 歲爾爾！
我彼陣讀高二，大兄是台大醫學院一年仔，上
大漢的是大姊做老師，已經嫁翁矣！

彼擺大兄轉來是伊去美國 20 冬了後頭一擺轉
來，因為彼時猶無啥物網路通好用，僅有的連

絡是久久啊一張批抑是一通電話,尤其是雙方攏少年當咧拚事業,無閒--到地矣,無啥物連絡嘛真正常!

20 年無見面的兄弟,當然有講袂完的話,尤其是伊出國前的代誌自細漢到阿母過身到老爸再娶,真濟代誌兩兄弟仔那講那流目屎,講甲一暝無睏!

講上濟的話題猶是阿母的代誌,上毋甘的代誌較講嘛是阿母,毋知是我較細漢較毋捌代誌,抑是我傳老爸的字姓,大兄傳老母的字姓較敏感,自細漢我略略仔有感覺大兄佮老爸較無親!

彼暗遮的代誌大兄攏共提提起來講,伊講伊自細漢就感覺老爸對老母無好,老母做甲欲死閣儉甲欲死,老爸做伊的山頂紳士,舒跤舒跤過伊的好日子,雖然無講偌匪類,毋過佇外口無乖的傳聞不斷,老母若問伊一句,老爸就 tshoh-kàn-譙,欲拍欲揌,毋放老母煞!

大兄講,伊猶細漢袂當替老母徛出來,想起來感覺家己足無路用,到今老爸死矣伊嘛猶會毋

願，尤其是伊講伊看老母無外家，予老爸欺負，無人替伊講話，連一個外家厝通閃避就無，伊講彼是伊感覺上殘忍的代誌！

阿母原本是好額人的查某囡，毋過伊命底有影無講蓋好，出世無偌久，伊的老爸就無去，伊的老母僅有生伊一個，雖然有讀公學校，而且年年讀一名，出業了後嘛是踮厝裡做家庭主婦，因為翁婿食頭路，伊做查某的只有較委屈咧！

自細漢阮兜的粗重攏是阿母咧做，雖然無作田，毋過茶山佮菜園佮厝內三頓，兼飼豬飼雞仔鴨攏是伊一手包辦，厝裡的田 hông 放領去了後，阿母的肩頭閣較沉重，因為阮三個姊弟仔愛讀冊，大姊初中就來台北讀一女中，大兄高中來台北讀建中，所費攏足重！

雖然阮三姊弟仔冊攏讀了袂穩，攏是年年讀一名，予老母真歡喜，毋過家庭經濟的負擔，予我自細漢罕得看著阿母的笑容！

僅有一擺我記持上深是我國民學校一年仔頭一學期上尾工，我放學轉去，手提通訊簿頂頭

有註講我考第幾名彼擺！

我轉到厝，阿母拄咧厝裡無閒咧摒房間，看伊共「榻榻米」掀起來咧掃眠床跤，阿母看著我笑笑問我講：「你考幾名？」，我講：「一名」，阿母講：「我就知！」閣來就無閣講啥，敢若講一名是足平常的代誌！

阿母，你若猶佇哩，看恁孫並恁囝閣較 gâu，你會閣較歡喜，抑若看恁蟲母孫遐古錐，你毋知欲歡喜甲偌歡喜！

阿母，我知影講這攏無效，天若欲從人的願，後出世換你來做我的查某囝，予我好好來疼惜你，按呢好無？！

~ ~ ~ ~ ~ ~ ~ ~ ~ ~ ~ ~ ~ ~ ~ ~ ~ ~ ~ ~

《註解》
1. 通轉 thang-tńg：可以回去
2. 毋甘 m̄-kam：不捨
3. 毋捌代誌 m̄-pat-tāi-tsì：不懂事
4. 毋願 m̄-guān：不甘心

5. 舒跤 soo-kha：清閒過好日子
6. 所費 sóo-huì：開銷
7. 蝨母孫 sat-bó-sun：曾孫

姨 a

細漢的時聽阿母叫 in 母 a 叫「姨 a」

逐擺若看 in 母 a 頂家下厝，管人的閒事，阿母就會受氣，罵 in 母 a 講:「這个姨 a 就是按呢家婆，愛雜插」!

阿母是招翁無嫁出的人，伊的姨 a 就是伊的親生老母，嘛就是我的阿媽

既然是親生的，閣是孤生伊一个，母仔囝感情當然誠好，予查某囝罵一句 a，阿媽當然袂受氣!

阿媽是正港的古早人，日本起山以前出世的，所以細漢有縛跤，日本人來了後，伊的跤才放開，毋過袂赴矣，因為伊的跤已經三份賰無兩份，行路作穡攏袂正常，致使伊規世人袂當做粗重!

阿媽是細仔漢仔就來阮兜做新婦仔，伊來是欲抱來飼大漢對阮阿公的，因為阮兜彼時是地主，

76

好額人，免作穡閣愛張身份，所以查某囡仔細漢就愛縛跤！

聽阿媽講伊細漢縛跤的故事有夠苦憐，伊講彼時伊差不多四五歲仔，查某祖 a 就共縛跤，縛的時就是逐暗欲睏進前用跤帛仔共伊的跤盤絪予絚絚，絚甲偌絚？絚甲疼甲欲死，疼甲伊開聲哭，開喙共 in 養母好喙，求伊莫按呢共縛，毋過 in 母 a 心肝誠絚，攏無欲諒情伊！

講較實的，阿媽按呢縛跤的結果，就是一个活跳跳的好好人，去予人縛甲變做袂走袂跳的半廢人！

阿媽變半廢人就艱苦著 in 查某囝，所以阮老母足早就共厝內的工課攏貿起來做，阿媽自我細漢就咧厝裡做閒人，閒人自然就無地位好講！

老母招翁了後，阿媽咧厝裡的地位閣較失落，講手頭伊無手頭，講作穡伊無份，閣無讀冊毋捌字，講話無人共信，囝婿雖然是招的，毋過有讀冊，穿西裝食頭路做紳士，入門煞變做囝婿王，根本就無共伊這个丈姆看在眼內！

in 兩个丈姆囝婿，論真有影是鬥袂峇，毋過囝婿是查某囝家己揀的，伊做老母的嘛無伊法！

兩个人頭一項講話就袂合，老爸是漳州詔安腔，講鵝叫 gô ，阿媽是泉州同安腔，講鵝叫 giâ，兩个為著這，尻川後會互相恥笑，阿媽攏會共人講 in 彼个囝婿，「講彼號客人仔腔，歹聽甲會死」！

阿媽按呢講，是因為三芝足濟人是漳州詔安來的詔安客，佮汀州永定來的永定客，遮的人來台灣進前佇唐山自本就是客人，in 的客話到阿公彼代猶會曉，老爸彼代才無去！

阿媽閣有一項委屈，就是老母佮老爸若冤家，伊想欲替查某囝出力，囝婿大尾，根本就無欲插伊，阿媽只有咧尻川後罵皇帝，講 in 囝婿：「雷公 a 點心」！

其實阿媽雖然佇厝裡無地位，毋過佇厝邊頭尾伊是真受人尊敬的，因為伊樂天熱情，無讀冊毋過項項代誌伊攏捌！

78

尤其是好歹事仔，親像人辦喪事甚麼規矩，啥人穿蔴衫，啥人穿苧仔，啥人穿白布，啥人結黃，啥人結青，啥人結紅，伊攏一清二楚，佇阮埔頭坑規个庄頭，拄著喪事不管啥人，攏會來請伊去發落！

話閣講對阮老爸 in 彼爿，全一款，聽老爸講伊叫 in 老母嘛是叫姨 a，這个老爸的姨 a 就是阮李家的阿媽，我做人毋捌看過，因為伊佇我出世進前就過身去矣！

聽老爸講伊的老母足偉大，因為 in 老爸不長志，無責無任，一日甲暗攏佇外口浪流連，無趁錢飼某囝，厝內某囝有通食無通食攏無咧管！

老爸閣講伊細漢若食糜的時，in 老母攏佇咧食，伊講伊捌問 in 老母講：「姨 a 你哪會佇著，碗捀遨懸，是毋是碗底有啥物好料的？」，大漢才知，是老母共糜的米粒攏撈予囝食，伊家己是干焦啉汫湯，無愛予囝看著！

以早的人真濟人會共老母當做阿姨來叫，聽講就是驚講母仔囝緣薄，互相沖剋，所以叫姨 a

來閃避化解，嘛有人共老爸，當做阿叔來叫，全款意思！

這个風俗我原本當做是某一个族群特殊的風俗，毋過照按呢看：阮老爸是漳州詔安，阮老母這爿是泉州同安，阮隔壁有人汀州永定縣來的，嘛是按呢叫，可見這是各族群攏有的風俗！

~ ~ ~ ~ ~ ~ ~ ~ ~ ~ ~ ~ ~ ~ ~ ~

《註解》
1. 受氣 siū-khì：生氣
2. 家婆 ke-pô：愛管閒事的管家婆
3. 雜插 tsap-tshap：管家婆
4. 縛跤 pak-kha：綁小腳
5. 跤帛仔 kha-peh-á：綁腿
6. 絚絚 ân-ân：緊緊
7. 諒情 liōng-tsîng：諒解同情
8. 冤家 uan-ke：吵架
9. 尻川後 kha-tshng-āu：背後
10. 好歹事仔 hó-pháinn-sū-á：紅白事

#李恆德台文集

老爸的萬桃花

自我捌，老爸就有帶「痞呴」
嘛自我捌，老爸就是靠食「萬桃花」過日！
毋過我是到我大漢了後才知影，原來「萬桃花」
就是「曼陀羅」！
抑嘛才知影「曼陀羅」生做遐爾仔媠，閣原來
是有毒的！

三芝的人真苦憐，北海岸的地理環境，一年的
雨水袂輸「雨港基隆」，所以三芝舊名「小基
隆」！

做囡仔時代，阮三芝的雨，會使對九月重陽落
到翻轉年的播田過，這將近半年的時間內底，
講較嘛瀐咧，差不多十工落七工，會使講落甲
無暝無日，落甲悽慘罪過！

所以講三芝的寒天天氣陰冷濕氣足重，衫仔褲
攏披袂焦，晾佇竹篙攏愛园甲上黑斑，歸尾愛
用「雞罩」坎火炭火來烘才會焦！

就是按呢，三芝的人著「痞呴」的上濟，干焦

81

阮兜，老爸痛呴，阿媽痛呴，阿妗嘛痛呴，其中是老爸上嚴重！

會記咧老爸彼陣便若寒天下班的時，因為愛泅一逝風雨轉來，半路就痛呴夯起來，轉到厝已經大氣喘袂離，喘甲會呼雞袂歕火，叫伊「阿爸」伊嘛無才調應！

這个時陣伊就愛徛咧眠床頭，手扞桌櫃，對屜仔底撏一支曝焦的「萬桃花」閣對壁頂日誌裂一張日誌紙共捲起來，然後含咧喙 e，用桌櫃頂彼葩「油攄仔火」點予著，親像「噗薰」按呢，趕緊欶兩喙矣才會講話！

原來就是痛呴的人若夯起來嚨喉會收縮，喘氣就喘袂離，萬桃花就是有麻醉作用，予你嚨喉放予冗，免予你受苦！

地球暖化了後，台灣北海岸的天氣改變袂少，閣特別是醫療的進步，予長年帶痛呴的人減少誠濟，老爸若猶佇咧，應該是免閣受痛呴的苦，毋過不管按怎，較早佇三芝的時代，老爸予「萬桃花」的致蔭誠濟，雖然老爸早就做仙-a 去矣，

82

毋過我看著「萬桃花」，嘛猶想欲共講一句多
謝！

這个故事雖然六十幾年矣，毋過眠床頭彼葩暗
淡的油燈仔火，照著邊仔老爸扞咧眠床頭桌櫃
邊軟萬桃花的背影，嘛猶深深記佇我的心肝頭！

~ ~

《註解》

1. 痚呴 he-ku：哮喘病

2. 翻轉年 huan-tńg-nî：隔年

3. 嘐潲 hau-siâu：謊言，誇張

4. 泅 siû：游

5. 夯 giâ：飆高

6. 會呼雞袂歕火：上氣不接下氣

7. 才調 tsâi-tiāu：本領

8. 油攑仔火 iû-giah-á-hué：油燈

9. 噗薰 pok-hun：吸煙

10. 扞 huānn：扶

11. 冗 līng：鬆

12. 致蔭 tì-im：庇蔭

貳、兒女情
大漢阿姊欲出嫁

媒人才走爾，in 母 a 就發大性地，開喙大聲罵
伊，閣出手欲共搝起來拍！

大漢阿姊驚一下 peh 起跤緊走，in 母 a 母放伊
煞，喝講：「莫共恁爸走，妳既然敢按呢做，
就毋通驚恁爸共你拍！」

大漢阿姊看毋是勢開跤緊走，才走甲稻埕邊 in
母仔紲手佇門後捎一支攕擔，雄雄對後避射來，
彼个鏡頭宛然是「董卓咧射呂布」仝款！

大漢阿姊那走那喝：「姑丈，救人喔」，跤一步
都毋敢停，攕擔好佳哉射無著，毋過大漢阿姊
已經驚一下跋跋倒，跋倒閣趕緊 peh 起來，驚
咧 in 母 au 後壁閣逐來！

照講媒人欲來是愛佮 in 母 a 先講好勢才來，
為啥物結果會按呢？我到今嘛毋知，毋過大漢
阿姊自由戀愛的故事佇阮三芝小所在，有影是
轟動武林驚動萬教的代誌！

毋但講是開風氣之先，而且對象是外省人，彼陣人攏叫做阿山仔，在彼個時代 無人敢按呢做。

逐家的看法攏認為嫁彼「阿山仔」，閣兩年 a 人就欲轉去唐山，時到查某囝就無地看囉。

尤其是彼時「陳素卿 張白帆」的故事才發生無偌久，外省人較僥雄的印象 使予人毋敢佮外省人相佮！

彼陣大漢阿姊佇公所食頭路，算講是有見過世面的人，in 母 a 原本欲共伊主意嫁予隔避庄，彼個姓賴的做穡人，伊當然毋肯！

雖然姓賴的 in 兜家境袂穤，少年的本身嘛古意老實，毋過大漢阿姊 讀過初中，閣咧公家機關食頭路，叫伊嫁去田庄愛作穡伊哪肯！

大漢阿姊戀愛的對象是派出所的警察，一個姓吳的外省人，生做當然是一表人才，獨身無序大好奉待 ，結婚了閣有日本仔宿舍通好蹛，

86

暗時 a 點電火，並 in 兜庄跤所在點彼號燈仔火當然是條件好濟咧！

彼層代誌發生了，大漢阿姊佮伊的愛人 當然繼續努力，拜託姑丈佮公所周課長閣來行幾落逝，歸尾總算共 in 母 a 講甲歡喜甘願，落軟頷頭！

重要的條件是明品講：查某囝嫁你將來你若欲轉去唐山，是袂使共我焄轉去！

代誌最後當然是圓滿解決，毋過這齣戲，到今猶予我記甲足清楚 e！

~ ~

《註解》
1. 摤 tsang：用手緊抓重要部位
2. 紲手 suà-tshiú：順手
3. 捎 sa：手抓
4. 攕擔 tshiam-tann：兩頭尖的竹棍用以挑草
5. 喝 huah：吼叫
6. 阿山仔 á-suann-á：唐山來的人，外省人

7. 轉去 tńg-khì：回去
8. 逐來 jiok--lâi：追來
9. 僥雄 hiau-hiông：狠心的負心漢
10. 相伨 sio-thīn：相挺
11. 序大 sī-tuā：長輩
12. 落軟 lȯh-nńg：態度軟化

#李恆德台文集
2017.11.8

等無人

倚佇大路邊
恬恬仔咧等候

車一隻一隻過
干焦就是無一隻停落來

車後燈佇趒爍咧爍咧
親像我的心肝頭按呢擂咧擂咧

害我一時艱苦
目屎強強欲輾落來
你是按怎哪會攏無出現呢?

~ ~

《註解》

1. 恬恬 tiām-tiām：靜靜
2. 干焦 kan-na：只不過
3. 目屎 ba̍k-sái：眼淚

#李恆德台文集

落葉情

舊年你欲去的時
就是欖仁仔葉落甲規塗跤的時
我送你去坐車
你共我講：「緊轉去　外口寒
風仔透透　毋通去冷著！」
我應你講：「你家己較保重咧！」

你頭仔犁犁目睭毋敢掠我看
目屎含咧目箍內
細聲仔共我講：「知啦」
就按呢越頭做你去

今年欖仁仔葉又閣規塗跤
來到遮舊年傷心離別的所在
一年毋捌看過你的面　毋知你好無
彼个人毋知有好好仔疼惜你無？

～～～～～～～～～～～～～～～～～～

《註解》
1. 規塗跤 kui-thôo-kha：整個地面，遍地

90

2. 緊轉去 kín-tńg-khì：快回去

3. 外口寒 guā-kháu-kuânn：外面冷

4. 犁犁 lê-lê：低頭的樣子

5. 目睭 ba̍k-tsiu：眼睛

6. 目箍 ba̍k-khoo：眼眶

7. 越頭 ua̍t-thâu：掉頭，轉身

#李恆德台文集
2016.10.8

癡

明知影伊蹛佇這間
就是毋敢行倚去揣伊
連伊號做啥物名嘛毋知

連紲幾落工倚咧遠遠的路口
恬恬仔看伊出出入入
結果伊對身軀邊過的時煞毋敢掠伊看

嘛袂記 e 佇遮徛幾工啊？
干焦會記 e 開始的時
in 兜門口的炮仔花才開始咧開

其實一開始就是去予 in 兜這遍炮仔花哄著
了後才去予伊本人煞著

炮仔花已經開甲咧欲謝囉
跂路口徛班的工課嘛猶閣毋甘煞
毋過嘛照常毋敢佮伊來相借問！

~ ~

《註解》

1. 揣 tshuē：找
2. 蹛佇 tuà-tī：住在
3. 連紲 liân-suà：連續
4. 恬恬 tiām-tiām：靜靜
5. 唌 siânn：誘惑
6. 咧欲 teh-beh：將要
7. 煞 sannh：強烈吸引

#李恆德台文集
2017.7.31

老婆 結婚快樂

綴我四十七年
敢有快樂歡喜
當初明知無錢
是你決心執意

你是再世西施
看我無輸劉備
相牽半个世紀
情意猶原綿綿

攏講予我騙去
事實問你家己
安心過日予你
論真咱無相偏

~ ~ ~ ~ ~ ~ ~ ~ ~ ~ ~ ~ ~ ~ ~ ~ ~ ~ ~ ~

《註解》
1. 綴 tuè：跟隨
2. 相偏 sio-phinn：佔對方便宜

94

彼年的熱天

彼年我來恁兜
猶會記 e 是一个熱天的下晡時
日頭當猛，樹蟬仔叫甲當悽慘的時陣
我徛咧恁對面山金金看
想欲揣機會共妳講：妳一定愛等我！

進前妳有共我講，叫我莫閣揣妳
妳講序大人毋允准，咱這條路較按怎講嘛行袂
落去
我講我會等你，等甲恁序大人歡喜
只要妳有堅心 等妳一世人我嘛甘願
你對喙應我講：「彼是絕對無可能的代誌」

因為妳講恁老爸較開化，猶小可仔有參詳的餘
地
恁老母是完全免講；嫌我散赤、嫌我無老爸、
嫌我小弟小妹一大堆，擔頭重，嫁予我這飯碗
妳按怎有才調揀？！

妳雖然是按呢講，毋過我知影妳心內是愛我的
因為妳講的時目屎是含目墘，目睭毋敢掠我看

96

進前雖然恁序大人反對，毋過咱嘛偷偷仔約會
足濟擺
這條戀愛路偷偷仔行嘛有幾落年囉
頭先遐濟人來共妳做親情，妳嘛攏無愛佮人講

彼工就是我欲去做兵，想講一定愛去看妳
愛共妳講無論如何妳愛等我轉來
毋過我覕佇恁對面山碴碴仔等
想講看有機會佮你講一句話無
結果規下晡恁序大人攏咧厝裡
我煞無機會佮妳講半句話

等我做兵轉來妳已經嫁人矣
我知影我寫予妳的批妳攏收袂著
毋過毋知影代誌會遐緊就有變化
聽講就是恁老母主意的，為著聽講彼爿好額
聘金實收 60 萬

今仔日我又閣來到恁的對面山
恁兜的紅磚仔厝猶閣原在
毋過妳咧？妳佗位去矣？
想欲問妳，妳有好無？你心內毋知捌偷偷仔想
著我無？

97

~ ~

《註解》

1. 序大人 sī-tuā-lâng：長輩

2. 散赤 sàn-tshiah：貧窮

3. 才調 tsâi-tiau：本事

4. 捀 phâng：捧

5. 目墘 ba̍k-kînn：眼眶

6. 佃 thīn：奉陪

7. 硞硞仔等 kho̍k-kho̍k-á-tán：枯枯地等

8. 規下晡 kui-ē-poo：整個下午

9. 批 phue：信

10. 捌 pat：曾經

98

無意 a 無意

阿明中晝和朋友去孝孤燒酒，啉甲下晡四五點才轉來，都猶未到門跤口，遠遠就看著 in 某阿英 a 和隔壁阿榮徛佇 in 門頭仔咧講話，閣講甲比跤劃手，那講那笑！

看著阿榮，阿明就無啥爽快，因為伊知影阿明以早捌數想欲奅 in 某，雖然尾仔奅無成，毋過佮 in 某猶原交情袂穩，便若拄著，攏會停跤佮伊牽兩句 a！

甚至當伊的面，嘛會共伊講：「恁某就是阮無緣的！」，某聽著竟然也袂受氣，伊聽著實在有夠袂爽，心內足想欲共�815落去！

為著這，伊捌問過 in 某講：「恁兩个是按怎遐有話？」，in 某應伊講：「按怎，袂使是無？」，伊講：「毋是袂使，是講你和我嘛無遐有話講，為啥物佮伊就講甲毋知通煞！」

確實是按呢，翁仔某鬥陣久 a，逐工日也相見，暝也相見，就敢若人講「老夫老妻」，有話早

99

就講了了矣，有影無啥物話好閣講矣！

其實以早毋是按呢，戀愛的時陣，in 嘛捌糖甘蜜甜，話講袂煞，今仔結婚，頭兩年，新烘爐新茶鈷，嘛是啥物代誌攏欲共對方分享，毋過漸漸久去，互相之間對方想啥免講就知，感覺就貧惰開喙！

毋過阿榮無仝，伊自本厚話，阿婆仔神，小可仔查某體，當初伊逐阿英袂成，就是這个查某體予阿英犯嫌！

這種個性欲做翁某，阿英無佮意，但是做朋友，阿英無嫌，因為阿婆仔神就是家婆、熱心、好央教，這點老實講，並阿明較得人疼！

尤其是阿榮蹛佇隔壁，平仔是開店，阿明是佇合作社上班，日時 a 攏無佇咧，阿榮比較起來就較有機會通好走來和阿英畫仙，阿明雖然無蓋歡喜，毋過看 in 敢若嘛無啥物曖昧，所以嘛歹勢講按怎！

這陣燒酒啉啉咧，又閣看著 in 兩个佇遐，看 in

某的表情,好親像誠滿足的款,伊袂爽到地矣,相借問都袂癮,就斡咧做伊入去,in 某佮阿榮共叫,伊攏當做無聽咧!

in 某看伊面腔無好,綴尻川後入來,問伊講:「是按怎,你人無爽快?」,伊講:「無啊」,「抑無哪會袂講話,斡咧做你入來?」,伊講:「欲講啥,恁講甲遐歡喜,有需要我閣參恁講啥物?」,話意中間醋味誠重,in 某聽著,干焦應伊一句講:「神經病」,就出去,無愛閣佮伊講!

in 某出去了後,伊才想著講家己按呢毋著,其實伊嘛無影食醋,伊明其知影,in 某毋是彼種人,阿榮嘛無影敢來數想 in 某,in 某嘛再三共講「阿明不是我的菜」干焦這步查某體就予 in 某倒彈,論真伊對 in 某有啥物袂放心?

想到遮,伊家己愈想愈無著,in 某佮伊感情遐好,阿榮佮伊嘛是好厝邊、好朋友,無代無誌,對人按呢無禮貌敢著?

想想咧無妥當,伊趕緊出來外口,無意 a 無意,

共 in 兩个講：「恁佇遐徛創啥，毋緊入來內底坐，我來泡茶！」

～～～～～～～～～～～～～～～～～～～～

《註解》

1. 孝孤 hàu-koo：吃的不雅說法
2. 奅 phānn：把，追求
3. 蹔 tsàm：踹
4. 貧惰 pîn-tuānn：懶惰
5. 厚話 kāu-uē：話多
6. 查某體 tsa-bóo-thé：娘娘腔
7. 並 phīng：比較
8. 畫仙 uē-sian：聊天
9. 袂癮 bē-giàn：不想
10. 數想 siàu-siūnn：妄想

#李恆德台文集
2019.2.25

一表人才

彼年我和阮某談戀愛，拄著 in 爸母反對，阮某有時會去投予 in 姊仔聽，in 姊仔彼時已經嫁矣，有一擺我和阮某去 in 姊仔兜，過了身，聽講 in 姊仔的大家共伊講：「恁小妹的男朋友，生做一表人才，毋知恁爸母咧反對啥物！」

我彼時身懸 167，體重大約 56，身體健康，體格標準，有跤有手，無曲無貓，雖然無講緣投飄撇，嘛袂講一篐癮癮，當然嘛會使算講一表人才，毋過伊毋知影 in 反對的是我的頭路！

我彼時是一个軍校今仔畢業的職業軍人，當當時軍人的待遇是誠穤，阮丈姆講 in 查某囝若嫁我，煩惱我敢飼伊會飽！

其實這猶毋是重點，重點是阮兜的家庭背景，予 in 老母袂放心，因為伊知影我無老母，後母閣厲害眾人知，in 老母驚 in 查某囝嫁來阮兜食袂飽無打緊，我閣做兵溜溜去，不時無佇厝裡，會閣害 in 查某囝 hông 苦毒，當然嘛反對到底！

毋過反對罔反對，因為阮某的堅持，阮的戀愛路嘛是照常繼續共行落去，雖然有時佇我面頭前講起 in 老母的態度，會講甲目屎流滴，毋過伊的態度是真堅定，並無半屑放棄的意思！

阮某會遐爾堅定，是因為伊自細漢就捌我，知影我是好人，伊對我有信心，知影伊袂去看耽目去

伊佮我是仝鄉，讀仝一間國校仔，伊講伊頭一擺捌我，是伊國校仔三年的時，彼年伊予人選做「學生自治鄉」的「鄉民代表」，我彼時是六年仔，是「學生自治鄉」的「鄉長」，自治鄉代表會開會，鄉長當然愛出席，所以伊自彼擺就對我有真深的印象！

這層代誌，我捌共創治講，是毋是伊彼陣就愛著我？伊當然毋敢承認，毋過遐細漢的代誌伊閣提起來講，就表示意思誠明，無毋著矣啦！

故事當然毋是干焦按呢這件曷爾，伊對我的信心是伊佮我鬥陣大漢，雖然我毋捌伊，毋過伊自頭到尾捌我捌甲有賰！

伊知影我自細漢就是學校的模範生，國校仔、初中9年讀冊攏是頭名毋捌二名，初中畢業保送師範，放棄無去讀，考著省立高中，是全鄉獨一無二，伊嘛知影我了後會去讀陸軍官校，是因為我老母死，老爸閣娶所致，所以雖然我是臭兵仔，伊猶原對我有信心！

因為按呢所以伊結婚了後對阮兩個後生的雕琢真認真，兩个囝也無予伊失望，雙雙攏順利做著醫生，大概伊是欲證明 hông 看講伊嫁了無毋著人！

我嘛佇結婚了後無幾年，佇我軍職十年義務了就退伍轉來，目的就是欲陪某囝，嘛予阮丈姆知影我有真認真疼惜 in 查某囝！

幾年前，阮丈姆因為中風在床，有一擺我去共看，伊雖然行動不便，毋過頭腦清醒，忽然間伊對我的手牽著，共我講：「我欲共你會失禮，彼時我哪會遐戇，會反對阮珠仔嫁你，看恁這馬遮好，想起來我有影誠戇，你毋知有見怪我無？」！

我應伊講:「阿母,你毋通按呢講,我知影你的反對是好意,是為著珠仔好,阮結婚了你嘛有影足疼阮,我哪有見怪你」!

~ ~

《註解》
1. 投 tâu:投訴
2. 大家 ta-ke:婆婆
3. 無曲無貓 bô-khiau-bô-niau:沒駝背沒麻臉
4. 緣投飄撇 ian-tâu-phiau-phiat:英俊瀟灑
5. 一箍瘋瘋 tsit-khoo-giàn-giàn:傻傻的一個
6. hông:予人 hōo-lâng 的連音
7. 苦毒 khóo-to̍k:虐待
8. 耽目 tânn-ba̍k:錯看
9. 創治 tshòng-tī:捉弄
10. 有賰 ū-tshun:有剩

#李恆德台文集
2018.6.5

丈人爸 a

彼年熱天我和阮某的戀愛嘛已經行欲四冬囉
明知影 in 爸母無歡喜，我其實嘛無咧共信篤

阮老爸這爿知影我和啥人咧行，伊是真歡喜，
雖然佮 in 彼爿雙方家庭平常無咧來去，毋過
佇三芝鄉這个小所在，雞公雞母相踏，嘛予人
看現現，無說講阮老爸佇衛生所，阮某佇公所，
平仔佇公家食頭路，互相捌甲有賰！

這層代誌我真早就有和阮老爸講起，了後老爸
有叫人去提親，啥知去予 in 序大人拒絕，尤
其是拒絕的理由毋是嫌我毋好，是嫌我的家庭
複雜，予阮老爸感覺無面子，為按呢氣怫怫！

我的丈人是一个毋捌字的作穡人，十外歲仔就
綴 in 老爸落田做穡，彼時 in 老爸有幾落甲地
的田園，所以伊自細漢就毋驚-e 無穡通做！

伊大漢了，in 老母過身，in 老爸食老反死，去
別人兜佮人跑，飼別人的某仔囝，厝裡穡頭放
予後生做無打緊，閣叫後生愛提錢出來共伊買

田，若無欲賣予別人！

所以阮丈人的田園是伊提錢共 in 老爸買的，伊不但共老爸買田園，閣提錢佇附近蓄幾落甲地的田佮茶山，了後閣也投資佮人份茶工場佮燒炭窯，所以算講有賰寡錢！

因為按呢伊講話有較誇口淡薄仔，小可仔愛展風神，歕雞胿，因為伊本名叫埤仔，所以尻川後人會叫伊雞胿埤仔！

阮老爸是日本時代有讀公學校，畢業了後規世人攏是穿西裝食頭路的紳士人，去予這個裼赤跤，穿水褲節仔的人看無起，有影起毛誠穤！

結婚了，雖然阮有和好，伊嘛真疼 in 遮的查某囝，囝婿，佮 in 外孫，定定會捾物件來看阮，毋過伊無讀冊，平常時仔閣無蹛作伙，我佮伊見面的時煞揣無共同的話題通好講

我明其知影伊愛風神，愛人呵咾，愛人扶，偏偏我閣無咧共信這套，袂癮就是袂癮，所以，有時我嘛毋知欲佮伊講啥！

僅有伊上俗意講的話題是伊日本時代做壯丁的代誌，伊講光復前，戰爭尾期，伊予日本仔叫去做壯丁，佇大屯山頂挖防空壕，伊和一陣人，負責顧美國仔飛龍機，逐工提召鏡，聽聲顧影，若美國仔飛龍機遠遠出現，伊愛緊敲電話通報！

這層代誌予伊感覺伊真了不起，所以逐擺我若佮伊鬥陣開講啉燒酒的時，我就刁故意提起這个話題，伊一定暢甲欲死仔，全款的故事，講了閣再講，講袂 siān！

伊感覺伊這世人憑伊一雙手，認真拍拚骨力挵田塗，挵啊挵嘛挵甲做一个山頂皇帝，講田園有一大遍，講賰錢，嘛無輸人，聽阮某講伊細漢的時，in 老爸橐袋仔不時錢攏飽飽！

平常時仔厝邊頭尾逐家對伊攏真尊敬，有閒伊嘛會綴人旅行團遊覽車坐咧一四界迤迌，環島一周的旅行團伊毋知踅過幾十擺，出門開錢買 o-mi-a-geh 伊攏無輸人，導遊焄in 去買彼號 5000 箍一支抹燙傷的藥膏，伊嘛輸人無輸陣，照常共買落去，所以伊對伊的人生感覺真滿足！

伊80歲彼年，in查某囝共伊做生日，欲請伊食飯的時，伊共in查某囝講：「kàn-in-娘咧，我啥物毋捌食過！」，欲悉伊去迌迌伊嘛是講：「kàn-in娘咧，我啥物毋捌看過！」

伊這兩句話，我是不時聽伊咧講，彼時我便若聽著，會感覺伊真正是古井仔水雞，臭屁閣兼無智識，這馬家己食老才體會出人若食老，有影會感覺啥物都無新鮮，啥物都無稀罕的悲哀！

阮丈人身體算真勇健，90歲的時猶會騎oo-to-bái去竹林挖竹筍，毋過論真伊嘛無啥物咧「養生」，規世人無咧食青菜，嘛無咧食果子，規世人食飯干焦配塗豆，魚脯仔二味，最後伊食甲97歲，你講長歲壽哪有啥物秘方？！

～～～～～～～～～～～～～～～～～～～～～

《註解》
1. 信篤 sìn-táu：吃那一套
2. 毋捌字 m̄-pat-jī：不識字
3. 作穡人 tsoh-sit-lâng：種田人
4. 食老反死 tsiàh-lāu-huán-sí：老了變了樣

5. 佮人跍 kah-lâng-ku：跟人家同居

6. 展風神 tián-hong-sîn：吹噓自己

7. 歕雞胿 pûn-ke-kui：吹氣球，吹牛

8. 水褲節仔 tsuí-khòo-tsat-á：以往農人穿著的
   粗布短褲

9. 起毛誠穤 khí-moo-tsiânn-bái：心情很不爽

10. 橐袋仔 lak-tē-á：口袋

11. oo-mi-a-geh：小禮物，日語轉來的外來語

12. 搙 jiok：揉捏

13. oo-to-bái：機車

#李恆德台文集

2019.2.14

寒

彼年我參大畢業,分發佇第二軍團 42 運輸群,
駐地是台中清泉崗,時間是 64 年 3 月。

運輸群算是後勤部隊,會當正常歇假,彼時公
家單位是一禮拜歇一工半,所以我每禮拜拜六
食晝飽會當轉來厝裡,拜一早起八點進前轉去
營房就會使!

比較以前佇 69 師野戰部隊的時,佇台灣是一
個月歇一擺四工,佇外島是 3 個月歇一擺 8 工,
這馬按呢逐禮拜會當轉厝,有影是天大的福利!

彼時我蹛佇淡水,已經娶某生囝,二个後生,
細庀的猶咧 in 母仔腹肚底猶未出世,大漢的
才臨仔二足歲,正是當古錐的時陣,所以每禮
拜歇睏是我上大的期待!

我逐禮拜對台中轉來,攏是來台中坐公路局的
班車,先往新竹才盤往台北,到台北才閣盤車
到淡水,按呢硞矣硞,硞到厝已經是欲暗矣!
因為車錢是一个負擔,雖然軍人有半價,毋過

112

待遇無好,猶是坐公路局的普通車較俗閣硞,
金馬號佮鐵路局的高等列車有影坐袂起!

上苦憐是歇睏煞欲轉營房的時,人講「某嫡囝
細漢」依依難捨是難免,雖然無目屎流津搬彼
號十八相送的戲齣,毋過欲出門的時,心肝頭
猶是有影足艱難的,尤其是幼囝毋肯放老爸出
門,一直共我 mooh 牢牢毋放,予我心肝哪會
堪得!

因為拜一早起八點以前愛轉到營房,我彼早起
對台北出發當然袂赴,所以我是愛禮拜暗仔對
淡水坐 11 點的火車來台北,才閣盤 12 點的夜
快車來台中,等天光才坐客運的頭班車去清泉
崗。

好死毋死彼陣拄搪台鐵山線咧進行電氣化工
程,山線列車停駛,南北列車只有行海線無對
台中過,我欲清泉崗上近的站是沙鹿,我只好
蹛沙鹿落車!

上悽慘的是沙鹿是一間細細間仔的小站,日本
時代起的木造站房,列車來到沙鹿大約早時仔

3 點半左右，正是一工中間上冷的時陣，三月天原本就寒，沙鹿倚海邊，溫度可能無超過 5 度，車站的出入口閣無遮無閘，海風陣陣灌入來，踮車站內 gàn 霜風，有苦憐無？

因為彼个寒毋是干焦身體的寒，是心理上一个真大的折磨，就愛對 3 點半 gàn 甲 6 點，才有計程車來抾客，才通好坐計程仔轉去營房，這兩點半鐘忍受霜風的苦刑，佮車仔來車仔去的開銷佮不便，以及每禮拜三更半暝出門的艱難佮心酸，堅定我退伍的決心！

雖然彼時我參大正規班今仔畢業，前途當好，毋過我退伍的決心嘛是佇彼時決定落來的！

～～～～～～～～～～～～～～～～～～～～～

《註解》
1. 會使 ē-sái：可以
2. 轉厝 tńg-tshù：回家
3. 細庀 sè-phí：小傢伙
4. 硞 khok：顛簸
5. mooh：（扌冒）環抱

6. 盤車 puann-tshia：轉車

7. 拄搪 tú-tñg：正逢

8. 無遮無閘 bô-jia-bô-tsā：無遮無擋

9. gàn：（ㄍㄢˋ彦）淬煉

#李恆德台文集
2017.06.01

彼年熱天伊綴人走

彼年的熱天，會記得我猶細漢，熱翕翕的下晡時仔，厝邊頭尾逐家攏佇大欉榕仔跤坐涼，這欉榕仔有規百年矣，樹仔跤一排石條，熱天時仔是逐家歇涼的所在！

大人佇遐開講講笑，囡仔佇遐無閒咧耍，有時覕相揣，有時踢銅管仔，有時跳格仔，有時擉觀音媽繩，橫直是歇熱，免讀冊，顧耍就好。

有時有人來賣枝仔冰，一般攏是清冰，彼種干焦用糖水激的，一支一角，有時有佮寡紅豆冰，一支愛兩角，貴重倍，逐家較毋甘買，所以賣枝仔冰的，一跤柴箱仔捾出來，一般攏是 50 支，其中紅豆冰干焦 10 支爾！

雖然是一角銀爾，嘛毋是逐家買會起，因為彼陣予人倩挽茶，挽一斤的工錢才兩角銀，日頭跤遐辛苦挽一斤茶才換兩支枝仔冰，當然錢就開袂落去！

當當逐家耍甲當心適的時，有人走來喝講：「較

116

緊，較緊，緊來看，頂厝阿色 a 跳落去鼓井仔底矣！」，一時陣逐家驚一下，一陣人趕緊拚來頂厝看講是按怎！

頂厝是阿埤叔仔 a　in 兜，in 厝內灶跤有一口井，鼓井仔水水面離塗跤差不多有丈外深，阮到位的時看阿埤嬸 a 佇鼓井仔邊向落去共 in 新婦講：「你先起來才講啦，有代誌好好仔參詳，毋通按呢嚇驚死人！」。

邊仔阿色 a 的後生佮查某囝，一個七八歲，一个才三四歲仔，看 in 老母佇鼓井仔底毋起來，踮邊仔一直流目屎。

阮下厝遮的人趕來，大人嘛一人一句共伊苦勸講：「阿色 a，你哪會按呢，有代誌起來講就好啊？」，嘛有人講：「你哪會遐狭曉想，也無看講你生一對囝，你按呢放會落去？」

阮遮的囡仔是綴來看鬧熱的，我嘛佮人徛倚去鼓井仔邊，向落去看講是按怎，看著阿色 a 徛佇水底，身軀並咧鼓井仔壁，水無偌深看起來差不多到大腿頭，伊恬恬無講話，出在人苦勸，

伊恬恬攏無應！

原來代誌是按呢，這个阿色 a 是阿埤嬸 a 的新婦，是細漢飼的新婦仔囝，大漢提來對 in 大漢後生的，in 這个大漢後生真古意，因為厝內頭喙濟，伊就去台北親情兜 hông 倩做茶，一個月才有轉來一逝。

這个阿色 a 雖然是細漢飼的，毋過阿埤嬸 a 誠疼伊，算講是新婦仔王，佇 in 兜行東往西出在伊，無人管無人留，自由甲哭疼咧！

自本一家伙仔真平靜，和和樂樂過日子，阿色 a 嘛生二个囡仔攏離跤手矣，啥知毋知佇當時去搭著隔壁庄的村長張仔生，這个張仔生，並 in 翁加真濟歲，老閣穤，死老猴一个，毋知阿色 a 佮意伊佗一點？可能是有錢，閣較好喙花，拄好是 in 翁袂當滿足伊的所在。

聽阿埤嬸 a 講，有時陣張仔生來揣 in 阿色 a 做岫，阿埤嬸 a 為著驚 in 後生知影，閣會去路頭仔鬥顧，顧講 in 後生若雄雄轉來，愛緊共 in 通報！

這回就是阿色a感覺按呢偷來暗去閣袂滿足，
決心欲綴張仔生去in兜佮人公家翁！

可能是伊的想法傷離譜，阿埤嬸a毋答應，伊
才會用這步，落去鼓井仔底佮in大家談判，
無答應就毋起來！

最後阿埤嬸a姑不得已嘛是感覺感心就應伊，
自按呢，阿色a款款咧離翁放囝綴人去矣！

阿色a去了無偌久，阮阿母嘛捌去共相揣，聽
講伊去了才知輸贏，伊未去張仔生是滿盤好，
去了才知手頭是佇in某遐，伊去是做有食無，
做癮頭爾，毋過是伊家己歡喜甘願的代誌，去
了就無彼个面通好閣回頭囉！

～～～～～～～～～～～～～～～～～～～～～

《註解》
1. 擉觀音媽緟 tiȧk-kuan-im-má-thōng：一種用
   手指頭彈小石子比輸贏的遊戲
2. 心適 sim-sik：好玩

3. 塗跤 thôo-kha：地面

4. 向 ànn：低頭向下

5. 新婦 sin-pū：媳婦

6. 綴 tuè：跟隨

7. 並咧 phīng-leh：靠在

8. 出在 tshut-tsāi：由在，隨你

9. 新婦仔囝 sin-pū-á-kiánn：小養女

10. 倩 tshiànn：僱用

11. 一逝 tsit-tsuā：一趟

12. 穤bái：醜

13. 做岫 tsò-siū：築巢

14. 公家翁 kong-ke-ang：共事一夫

15. 感心 tsheh-sim：傷透心

#李恆德台文集

2016.7.17

娶某(一)~揀做堆的

男大當婚，女大當嫁，古早人攏按呢講，雖然這馬的少年的無咧信這套，無嫁、無娶、無生、無孵的一大堆，毋過這嘛是最近 20 年才發生的代誌，20 冬前逐家嘛猶閣是該嫁、該娶，無人懷疑，無人頓躊，有錢無錢婚姻這條路攏嘛是勇敢行落去！

講著娶某這層代誌有影百百款，有人戀愛的，有人相親的，有人媒人做的，古早猶有人細漢飼大漢揀做堆的，歸尾的結局是佗一項較好，其實嘛歹講，看各人命運的安排！

做囡仔的時，阮隔壁庄有一個好額人，叫「戇仔刺」，阮攏叫伊「刺伯 a」，伊足早就共 in 孫買一個新婦仔轉來厝裡，等飼大漢欲來對 in 孫，啥知二個大漢才發見彼個新婦仔巧閣嫷，in 孫是槌閣穩，兩個鬥陣大漢，互相了解，新婦仔根本看 in 這個未來的翁婿無夠重，in 孫家已嘛有感覺，煞對 in 這個未來的某驚驚！

彼工就是過年暝仔，這个「刺伯 a」就安排欲

予 in 兩个完婚，冗早有共 in 攢一間新房，食飽暗先叫 in 彼个新婦仔入去內底等，了後欲叫 in 孫入去，哪知 in 孫拍死就毋肯入去！

In 孫的意思誠明，就是毋敢，因為平常時仔，予 in 這个小妹食夠夠，欺負慣勢 a，這陣欲叫伊入房完婚伊哪敢！

剌伯 a，心內有數，知影 in 孫古意老實，新婦仔巧閣活跳，兩个有影無四配，毋過新婦仔買來就是欲做新婦，哪會使由在 in 肯也毋肯，毋肯，硬壓嘛欲壓甲 in 肯！

彼暗伊看 in 孫毋肯入去，就攑一支棍仔對 in 孫尻川頓bùt 落去，喙喝「kàn 恁娘嬭的老×× 猶毋共恁爸入去」，in 孫予伊壓著姑不而將乖乖 a 入去，剌伯 a 閣驚 in 孫 hông 趕出來，閣提一塊椅頭仔坐咧房間門口顧！

結果當然真完滿，兩个翁仔某結婚幾十年毋捌冤家，因為翁驚某冤嘛冤袂起來，閣再講，兩个雖然無四配，毋閣翁疼某，放伊充分「自由」，欲按怎隨在伊，互相無干礙，因仔照常生一大

堆，傳宗接代的代誌有做就好，其他就毋免傷計較啦！

這層代誌佇阮庄裡是人人知，逐家會共提起來流傳，毋過無人共 in 恥笑，因為剌伯 a 完了伊的心願，慇孫得著婿某，孫新婦得到自由佮手頭，世間事猶有啥物比這閣較圓滿！

這種揀做堆的方式，雖然較無合現代人「人權」的觀念，毋過咱台灣人普遍認命，結果嘛無一定會偌穗，顛倒一寡自由戀愛的無好結局的嘛誠濟，因為戀愛的時，看起來自由，論真是「荷爾蒙」作怪，看重耽的嘛誠濟，精差的是家己揀的，揀了毋著就無地怨嘆！

~ ~

《註解》
1. 頓蹬 tùn-tenn：猶豫
2. 好額人 hó-giàh-lâng：有錢人
3. 新婦仔 sin-pū-á：小養女
4. 對 tuì：配對
5. 槌 thuî：笨笨的

6. 慣勢 kuàn-sì：習慣
7. 活跳 uảh-thiàu：活潑
8. 四配 sù-phuè：很搭
9. bùt：（扌勿）拿棍打
10. 重耽 tîng-tânn：差錯

#李恆德台文集
2015.9.3

娶某(二)～媒人做的

這工阿力 a 欲娶某,雖然毋是家己揀的,是媒人做的,序大人主意的,毋過伊嘛是足歡喜的,因為 in 這个咧欲入門的某,伊雖然毋捌佮伊講過話,毋過捌對 in 厝角頭過,遠遠捌看一擺,感覺面模仔袂穩,心內偷歡喜,今仔日欲娶入門,伊早幾落工就暢咧等矣!

新娘入門,人客請了攏轉去矣,伊入去新房,看新娘仔坐佇眠床頭,頭仔犁犁,一時毋知欲和伊講啥物話,自本無熟似,雄雄煞揣無話題通好講!

兩个人一時攏恬恬無話,阿力 a 想講 in 某是查某囡仔人,較閉思,免想講欲等伊先來開喙,既然按呢,伊是查埔人,較有出社會,猶是伊先來開喙才著。

伊想足久才想著一句話,問 in 某講:「你較早捌看過我無?」,in 某應伊講:「捌啦,你有一擺牽牛車按阮崁跤過,我捌看一擺」!

125

這句話，予 in 開了話頭，就按呢兩翁仔某才有話題通好講！

阿力 a 厝裡家境無蓋好，一間穚厝仔通崁頭以外，無田無業，三頓是靠牽牛車為生，某娶了愛飼某飼囝，伊就閣較認真拍拚，若無是驚 e 飼人袂飽！

In 某嘛無予伊失禮，入門翻轉年就共伊生一个後生，閣來一年一个，連紲 6 年生 6 胎攏查埔的，伊逐工牽牛車出門，佇路 e 若拄著熟似人攏會共呵咾講：「阿力 a，你有影誠 gâu 做人」阿力仔攏會講：「kàn-in 娘咧，一頓共恁爸食兩坩糜，我若無較骨力趁 e，干焦欲予 in 食泔糜仔食甲飽就袂赴！」

其實人較愛共伊創治的彼句話是：「力 a，你較早捌看著我無？」

是講這句佇房間仔底翁仔某講的話，是按怎會流傳出來？敢講彼暗有人覕咧房間仔口偷聽？

~~~~~~~~~~~~~~~~~~~~~~~~~

《註解》

1. 序大人 sī-tuā-lâng：長輩
2. 犁犁 lê-lê：低頭的樣子
3. 熟似 sik-sāi：熟識
4. 閉思 pì-sù：內向
5. 崁跤 khàm-tíng：山崖或坡崁底下
6. 崁頭 khàm-kha：蓋頭，遮風避雨
7. 兩坩糜 nn̄g-khann-muâi：兩鍋稀飯
8. 袂赴 bē-hù：來不及
9. 創治 tshòng-tī：戲弄
10. 覕 bih：躲

#李恆德台文集
2017.12.3

金門戰地的頭一暗

營部的人事士仔攑一支手電仔焄我來到半山崁的這間「小平房」，共我講：這間是副營長踮的，伊轉去台灣休假，營長叫我下昏暗共你安排踮遮睏。

我簡單覓一下，看講這間差不多二坪闊，紅毛塗起的，壁是原色紅毛塗壁，塗跤是紅毛塗面，內向一張單人的鐵眠床，頂面一付軍用的被鋪，外向窗仔跤一隻柴桌仔，一塊柴椅仔，看起來攏是阿兵哥仔手工釘的，簡單簡單閣無油漆。

僅有一个窗仔差不多尺半四方，是用柴框糊玻璃紙來迵光，欲拍開的時是對下面向外揀開，才用一支柴拄仔拄著。

壁頂掛一个日誌，桌頂一蕊油燈仔，以外有一个鏡框，鏡框內底是副營長的像片，眠床頭一跤軍綠色的柴箱仔，是彼種每一个老芋仔逐家攏有的彼種。

因為副營長轉去幾若工 a，門攏無拍開，內底

小可 a 有臭碎味臭碎味，可能就是溼氣的味，未來金門進前，就聽人講金門倚海，濕氣真重，阿兵哥真濟蹛磅空內，一年四季濕氣不斷，身體較荏的人會接載袂牢！

彼工是 57 年 3 月 30，彼早起透早我咧「料羅灣」登陸落船，仝逝去的猶有仝期宋川強等十幾个，我分發 69 師佇金西；伊分發 92 師佇金東，阮兩个落船了後，隨各單位領兵的士官仔領轉各人的單位。

69 師的師部佇后湖，去到師部，翻身閣夆領去珠山的團部，珠山是 207 團，團部起佇一粒山崙仔的半山，因為是戰地，偽裝了真好，規个團部一半較加是佇山洞內，山洞外的部分，攏漆軍綠色的油漆，外口閣拋網仔，外觀雄雄看袂出是蹛兵的所在，規个團部恬 tsih-tsih，予你感覺戰地的氣氛真厚！

阮夆領去團部邊仔一个小操埕，副團長出來點名，看起來四十捅歲，身穿軍用外套，跤踏拭甲金鑠鑠的半高統野戰皮鞋，副團長穿插看起來真擎紮。

129

伊先自我介紹，伊嘛姓李，是 22 期學長，參謀大學畢業，伊安慰遐的初到戰地的小學弟，逐家毋免緊張，有問題會使直接揣伊！

這位副團長，日後我閣捌扭著幾落擺，伊知影我的連長是一個毋捌字的土包仔，對正期生較排斥，逐擺扭著我，攏會共我肩胛頭搭一下，共我講：「委屈你了！」。

六年後，我來大直三軍大學陸軍學院受訓閣捌扭著伊，彼時伊是戰爭學院的教官，佮我仝學校無仝學院，知影伊是名教官，功夫真好，可惜無予伊直接教著。

團部去了，食晝飽，我閣夆領來佇泗湖的營部，時間已經下晡時仔六點外，天都暗矣，經過營長(會記得叫張進)簡單召見了後，伊交待彼暗先留咧營部過暝，扭好副營長轉去休假，所以我就先去伊遐睏。

因為是戰地，閣無電，金門的暗暝是一片暗眠摸烏趖趖，入夜以後宵禁；所以一四界足恬靜，

只有點蠟燭佮媒氣燈;規个戰地一片的蕭索淒涼的氣氛！

因為舞一工,我嘛忝矣,我簡單安置好勢就早早去睏,頭一擺來到一个生疏閣生活環境完全無全的所在,我一時間煞睏袂落眠！

忽然間聽著外面傳來一首悲涼的歌聲;彼是佗一个阿兵哥自備的手捾電唱機放出來的歌「心聲淚痕」的台語版「苦憐的小姑娘」！

彼个阿兵哥可能是失戀矣,需要歌聲的安慰,所以仝一首歌,放閣放,放袂煞,悲苦的歌詞、哀怨的旋律;伴著我初到戰地幾分新鮮幾分驚惶的心情;嘛帶予我幾分的哀愁！

想袂到我佇戰地的頭一暝,竟然就是伴著幾分淒涼的歌聲中中沉沉睏去！

~～～～～～～～～～～～～～～～～～～～～～～

《註解》
1. 覕一下 bāi-tsit-ē：瞄一眼

2. 紅毛塗 âng-môo-thôo：水泥

3. 荏 lám：弱

4. 磅空 pōng-khang：隧道

5. 接載 tsih-tsài：支撐，承受

6. 擘紮 pih-tsah：利落

7. 捾 kuānn：提

8. 忝 thiám：累

#李恆德台文集
2013.1.21

「張寶成大師 攝影」

金門三蕊花之東沙阿寶 a

臨時接著命令，欲派人去接管二粒「反空降堡」，因為原來顧「反空降堡」的友軍另外有任務，愛阮去共接起來！

其實阮自本就負責二粒，這馬閣臨時交二粒予阮負責，每一粒「反空降堡」愛派一个充員仔副班長做「堡長」帶二个「機槍兵」駐守。

這个「堡長」毋但愛負責管彼二个兵仔，上重要的是愛有彼个腳數，真正狀況發生，敵人空降部隊跳落來，伊愛即時執行任務，獨立作戰，將降落的敵兵消滅。

所以派出去的人我愛想了閣再想，揀了閣再揀，絕對袂使共我出代誌。

我叫傳令兵通知三个步兵排副班長以上幹部攏來連部集合，部隊「碉堡」四散，欲通知齊到嘛愛 20 分鐘。

彼工是「保養日」部隊無出任務，照講欲集合

真簡單，毋過時間到，逐家齊到，獨獨第 6 班副班長阿城無出現。

我問 in 班長，班長嚶嚶 ňg-ňg 袂曉應，我身軀邊士官長接話講：「肯定又是去阿寶那裡」，講完逐个煞攏笑出來，本底真嚴肅的氣氛，煞變做輕鬆起來，逐家按講我會發性地罵人，結果我嘛消消去矣！

阿城是彰化來的充員仔兵，受過士官訓練，升起來做副班長有一段時間，平常表現真好，我嘛真共肯定，尤其是士官長上欣賞伊，一直講欲共收做契囝，有影無影毋知，不而過士官長上疼阿城逐家攏知！

講著阿寶 a，逐家攏嘛知影是阮隔壁「東沙」庄的一蕊花，毋是講伊生甲偌媠掛偌媠，毋過面模仔妖嬌，皮膚幼白，細粒子細粒子，個性活潑有人緣，一支喙真厲害，平常時仔會佮阿兵哥 a 答喙鼓，毋過阿兵哥 a 若無站節欲共食豆腐，會顛倒去予伊食倒轉去，是標準「小辣椒」彼型的查某囡仔！

有人講阿寶a佇遮開店開久a，自國民學校仔畢業就踮in兜顧店，到今規十冬矣，因為外表細粒子看起來較袂老，其實年歲應該袂少a，干焦看伊講話就知影真老油條a！

嘛有人講伊是金防部的「保防細胞」，交陪闊，消息週司令部，所以目頭真懸，莫講in家己鄉親少年仔佮一般阿兵哥a伊看無夠重，軍官嘛無一定欲共你信篤！

in兜的店是金門庄頭做阿兵哥生理的標準模式：一間店分四個部分，一個雜貨仔店，賣寡罐頭、餅乾、燒酒，一個洗衣部，替阿兵哥a洗衫，一間捙球間，予阿兵哥消遣娛樂，閣一個小食部，有時阿兵哥會來炒兩个菜，啉一个a燒酒！

是講阿寶a一个人欲顧四位欲按怎顧？無講你毋知，講了你會起愛笑！

原來伊的店一切攏採自助式的，雜貨仔店物件家己提，捙球家己算，食酒炒菜家己炒，甚至衫家己洗，最後才來揣伊算數納錢，阿寶a干

焦負責參 in 答喙鼓就好！

毋過阿寶 a 油條閣油條，偏偏就是愛阮阿城 a 愛甲欲死，因為阿城 a 是白面書生，生做斯文，標準的「小白臉」，平常若有閒，阿城 a 會參人去拚球，有時閣會去洗衫買物件，阿寶 a 便若看著伊就歡頭喜面，佮伊講話就輕聲細說，二工無看著伊，就會問人講伊哪會無來？

這工為著去阿寶 a 遐，阿城 a 集合慢 2 分鐘到位，按算會食著我的膨餅，因為士官長保認，我嘛共伊準煞去！

彼个代誌過了無偌久，我調別个單位，離開東沙，經過一段時間，捌咧金門城拄著老單位的阿兵哥，聽 in 講起，阿城 a 已經退伍還鄉，原來叫是會共阿寶 a 娶轉台灣，結果是無，因為聽講阿城 a 是彰化員林一間大公司的頭家仔囝，伊的婚事 in 序大人早有安排！

人講「當兵三年，母豬變貂蟬」，尤其是咧外島，阿兵哥 a 別位無地去，附近庄裡的查某囡仔是 in 上捷接接的對象，互相有好感，進一

步發生戀情真容易，好佳哉，金防部有一個規定，台灣囡仔欲娶金門姑娘仔，若無女方家長同意，愛留踮金門十冬，這个規定予真濟阿兵哥 a 驚著！

目一睏幾冬過矣，東沙阿寶 a 嘛差不多 60 外～外歲 a，最後伊「花落誰家」我毋知，毋過講著伊嘛猶是一个真趣味的代誌！

～～～～～～～～～～～～～～～～～～～～～～～～

《註解》
1. 腳數 kioh-siàu：狠腳色
2. 揀 kíng：挑選
3. 嚶嚶 ōng-ōng：支支吾吾
4. 發性地 huat-sìng-tē：發脾氣
5. 契囝 kheh-kiánn：乾兒子
6. 挵球 lòng-kiû 撞球
7. 答喙鼓 tap-tshuì-kóo：鬥嘴或打情罵俏
8. 目頭真懸 bak-thâu-tsin-kuân：眼界很高
9. 食膨餅 tsiah-phòng-piánn：碰釘子

#李恆德台文集
2015.3.14

金門三蕊花之小西門姊妹花

為著這陣服務隊,杜課長已經無閒幾落禮拜矣,伊是金門衛生局的公衛課長,台北這間醫學院的學生「下鄉服務隊」欲來訪問伊愛負責接待,平常時仔工課自本就無閒,這个額外的工課,當然增加真濟伊的負擔。

好佳哉伊的能力原底就真強,個性閣真樂觀,課內的同事逐家真幫忙,一切接待的事項,真緊就發落好勢。

服務隊坐船來,伊協調公車處租一台公車去碼頭共 in 接來,安頓好勢了就隨開始一禮拜的下鄉行程,金門五鄉鎮行透透,包括小金門在內,伊是派課內上得力的「小朱」全程陪同,伊本人是有閒就會去共巡一下。

一禮拜真緊就過,這工是服務隊欲轉的前一工,照行程的安排是歡送的茶會,院長親身主持,一个開始院長佮對方領隊雙方講兩句 a 話了後,院長無閒先離開,共歡送會就交予伊主持!

伊看台跤這陣學生仔佮家己的查某囝差不多 a 年歲，想講伊的查某囝這个時陣若有咧 in 內底毋知欲偌好咧，想著按呢，一種母愛的心情不知不覺對伊內心發出來！

伊開始用親像做媽媽彼種的熱情佮溫柔的口氣鼓勵學生，希望逐家踴躍發言，接待的工課若有啥物無周到的所在，做 in 講無要緊！

這个時陣，一个緣投緣投的小帥哥徛起來講話，伊開喙講伊發表意見進前欲先為課長講一个故事，聽著按呢逐家攏恬恬聽伊講。

伊講伊姓李，故事的男主角嘛姓李，佇古早古早這个姓李的男主角，是一个學校今仔畢業，初次分發來金門的小排長，部隊蹛佇一个小庄頭叫「小西門」，這个李排長真幸運佇遮拄著一對姊妹花，攏是「花容月貌」一般的媠姑娘，講到遮，杜課長面仔開始紅起來，這个故事分明就是咧講伊！

小帥哥故事繼續講落去，伊講這對姊妹花姊姊是護士，妹妹是佇厝裡開店，兩个姊妹攏佮李

排長真有話講，尤其是姊姊較活潑，閣去過台灣讀冊，閣較有話題通講，一段時間了後，李排長對姊姊不免有淡薄仔動心，毋過彼時伊咧台灣已經有一个交往多年的女朋友，所以約束家己毋敢有啥物行動，快樂的日子差不多有半年的時間，伊隨部隊調轉臺灣，欲轉進前，彼个姊姊有送伊兩張相片，毋過故事嘛是就按呢到遮結束，無閣發展落去矣！

講到遮，杜課長規个面紅甲頷頸仔後去，等李同學故事講煞，伊小可仔頓蹬一下，細仔聲問李同學講：你捌彼个李排長？李同學應伊講：捌，in囝這馬就是徛佇你的面頭前！

講到遮，座談會全場嘩一下親像滾水按呢滾起來，逐家下死命拍噗仔，喙閣「hó！hó！hó！hó！」喝起來！杜課長一時煞毋知欲按怎才好！

過了差不多2分鐘，伊才冷靜落來，問一句話講：「你爸爸好嗎？」李同學嘛大方應伊講：「很好，我爸爸叫我跟你問好！」

原來李排長轉臺灣以後，為著莫有造成困擾，

主動共這段故事公開向 in 女朋友交代清楚，結婚了後，做連長的時，捌閣再度調去金門，這擺是蹛「東沙」，遐拄好拄佇頂擺蹛的「小西門」的隔壁。

因為按呢伊對小西門杜家姊妹花的行踪會使講一清二楚，知影姊姊已經嫁予一個金門高中的老師，這個老師嘛遐拄好東沙人，姊姊本身是佇衛生局服務，妹妹嫁一个平仔 in 仝師通信營的連長，綴 in 翁蹛佇中和！

有一擺姊姊對東沙欲轉小西門，行對李連長的連部過，拄好李連長佮部隊咧食飯，姊姊拄好行對身軀邊過，毋過毋知是無注意看著，抑是刁故意準無看著，兩个相閃身竟然無相認！

將近 30 年過去，in 後生的醫學院服務隊拄好欲去金門，欲去進前老爸共這個故事講予後生聽，後生感覺心適，竟然當場共這个故事公開講出來！

～～～～～～～～～～～～～～～～～～～～～～

《註解》

1. 工課 khang-khuè：工作
2. 台跤 tâi-kha：台下
3. 緣投 iân-tâu：英俊
4. 恬恬 tiām-tiām：靜靜
5. 今仔 tann-á：才剛剛
6. 拄著 tú-ti̍oh：遇到
7. 淡薄仔 tām-po̍h-á：一些些
8. 頷頸仔 ām-kún-á：脖子
9. 頓蹬 tùn-tenn：停頓
10. 綴 tuè：跟隨

「金門三蕊花之東沙阿寶 a」
照片由張寶成大師提供

上圖「金門三蕊花之小西門姊妹花的姊姊」
下圖「金門三蕊花之小西門姊妹花的妹妹」
照片由張寶成大師提供

阿梅的心事

這回正式的老師考試
阿梅總算予伊考牢囉

做流浪老師七八冬
遮代課遨代課
逐冬換來換去敢若貓咧徙岫咧

逐擺若佮學生仔舞甲熟矣
翻身就閣換學校
予伊足袂慣勢嘛足毋甘

這聲考牢以後毋免閣按呢走來走去
照講阿梅心內愛足歡喜才著
毋過伊看起來煞悶悶不樂 是按怎呢

原來是 in 老母一直叫伊緊去結婚
對象是咧銀行上班的彼个小羅
伊佮小羅是自細漢就熟似的朋友
雙方的序大人嘛熟敢若啥貨咧

小羅做人真老實

雖然人攏笑伊小可 a 查某體查某體
毋過對阿梅有影誠好

佮伊鬥陣逐項攏聽伊的
講話嘛攏輕聲細說
照講阿梅對伊實在是無啥物好嫌的

毋過伊聽人講小羅的老母有較勞跤
in 兜的代誌大大細細攏是 in 老母佇遐咧喝起
喝倒

小羅閣是孤囝對老母閣真有孝
in 若結婚 一定愛佮序大人踮作伙
到時毋知會慣勢袂？

伊平常時仔咧厝裡是「公主」
跤尖手幼，食飯坩中心，連一條手巾仔都毋捌
家己洗
叫伊去捀人的飯碗，伊欲哪有彼號才調？

抑若毋答應人，in 母-a 閣一直催
想起來有影足煩咧！

~~~~~~~~~~~~~~~~~~~~~~

《註解》

1. 考牢 khó-tiâu：考上
2. 徙岫 suá-siū：移巢，換窩
3. 舞甲熟矣 bú-kah-sik-ah：搞得熟了！
4. 序大 sī-tuā：長輩
5. 查某體 tsa-bóo-thé：娘娘腔
6. 勥跤 khiàng-kha：強勢，霸道
7. 喝起喝倒 huah-khí-huah-tó：發號施令
8. 才調 tsâi-tiāu：本領

主角「阿梅」，照片由張寶成大師提供

阿梅的心事(二)

頂幫講起阿梅為著婚事咧操煩
逐家攏叫是為著小羅的代誌

講伊是驚講小羅 in 母仔傷勇跤 in 兜的飯碗歹
捀
其實伊心內猶閣有一層閣較要緊的代誌,伊囥
佇心肝內攏無愛講

這个代誌伊喙足密攏無佮任何人講起
橫直伊嘛知影講講--嘛無效

因為伊有一擺捌佮 in 母仔略略仔講起
講 in 平-a 鬥陣咧代課的老師中間有人佮伊
siāng(相同)款考足濟擺無牢,這擺嘛考牢矣

in 母仔就問伊講是啥人
伊講是下港來的小楊,in 母見面就問講 in 兜
咧創啥
伊對喙應講,你也毋捌人,問遐濟欲創啥!

伊心內有數,小楊 in 兜散赤,老爸早死,留三

个囝仔猶未大漢，兩个小弟小妹猶咧讀冊，in
母仔咧餐廳洗碗揀菜，小楊的擔頭猶足重-e

毋閣小楊散罔散 人古意閣緣投
趁的錢家己毋甘開半仙，數仙錢仔攏交交予 in
老母

in 平常講足有話，嘛不時會交換工作的經驗佮
心得，橫直鬥陣足快樂就著

伊閣感覺小楊項項代誌攏足有主張
抑嘛足有擔當
無親像小羅逐項攏講這愛問阮母-a

伊嘛知影小楊對伊有意思，伊家己心內較佮意
的嘛是小楊
毋過伊知影 in 母仔足現實，憑小楊的條件欲
叫 in 母仔答應，彼是登天還難啦

想起來有影足煩的呢！

~～～～～～～～～～～～～～～～～～～～～～～

《註解》

1. 勥跤 khiàng-kha：強勢，霸道
2. 捀 phâng：捧，端
3. 散 sàn：貧窮
4. 數仙錢仔 siàu-sián-tsînn-á：每一分錢
5. 橫直 huâinn-tit：橫豎，反正

主角「阿梅」，照片由張寶成大師提供

阿梅的心事(三)

歇熱第三工學校的老師就相招出國去迌迌囉！

有人笑講年金的代誌吵甲遐熱，將來退休的時退休金領會著領袂著猶毋知，愛較儉咧！

嘛有人講，管汝伊遐濟，趁這久猶少年行會去，就愛較骨力仔走咧！

迌迌的地點嘛佇遐討論足久 e，橫直這種眾人的代誌，逐擺攏是十喙九尻川 一人一个意見，撨一晡撨袂煞，最後嘛是閣翁主任出來裁決才決定好勢！

翁主任的意思足簡單，這陣是熱天 迌迌愛去較寒的所在毋才有意思，這句話逐家認為有道理，就按呢決定去紐西蘭。

旅行社來排行程的時，翁主任也無問伊就直接共旅行社的人講 欲和伊睏仝一間，伊也無啥物意見，橫直逐擺出門便若有翁主任鬥陣，伊攏會來做陣坐車坐鬥陣，隔暝參伊睏仝間。

頭一擺是去台中講習蹛佇教師會館 ，彼陣 in 猶無熟，拄拄好閣 hông 分配仝一間，原來佇學校無機會和伊講話，這回鬥陣才知影和伊閣足有話講。

翁主任加伊成十歲，算來嘛欲四十囉，伊是馬來西亞的僑生出身-e；孤一个人佇台灣，伊講伊厝裡老爸母攏無佇哩矣，一个大兄加伊十幾歲，閣毋是仝老母的，嘛無啥物感情。

原來 in 老爸當初是好額人，娶幾若个某；大某無生，第二的生 in 大兄 ；in 老母原來是大某的查某嫺仔 ，原來嘛毋肯，是頭家娘一直共好喙 ，伊才勉強答應做第三-e，落尾嘛是無啥好的結局！

詳細的情形翁主任無啥愛講，橫直好親像講伊出世無若久 n 老母煞來自殺往生，伊是 in 大娘飼大漢的！

伊大學就來台灣讀，畢業了後留佇台灣教冊，in 大娘猶佇的時伊每年猶有轉去，大娘過身了後就毋捌轉去矣！

阿梅的個性較軟弱，凡事較無主張 ，橫直佇厝裡逐項攏 in 老母拍派好勢，攏免伊操煩，來到學校，難免有寡代誌愛家己處理，好親像逐擺攏是翁主任替伊解決！

雖然小楊對伊有意思，毋過小楊無啥敢來接近伊，可能小楊嘛是有自覺講家己可能無啥物機會，所以嘛毋敢佮伊行傷倚！

就是按呢伊若有代誌，顛倒較會揣翁主任，有時有彼號老鳥想欲食伊，翁主任攏會徛出來替伊打抱不平！

因為翁主任雖然平仔是女性，毋過伊人懸大閣有力，個性閣 a-sá-lih 有話攏直破 ，人閣熱心能力閣好，連校長嘛讓伊三分！

彼工佇旅社，食暗的時翁主任有啉寡 a 酒，轉來房間就一直喝熱，因為飯店燒氣攏開甲真熱無毋著，毋閣翁主任嘛可能是借酒助膽。

伊先共身軀褪光光 喙那唸講：小梅，你免驚，

咱兩個就是上好的愛人,遮無別人 你毋免驚,喙那講手就攬過來閣那共伊褪衫,閣講:遮熱你衫哪穿會牢?你毋褪我來幫你褪,褪予光較爽快!

阿梅毋捌拄著這號場面,一時毋知欲按怎,毋過伊嘛感覺奇怪,伊為啥物無蹤開,煞予翁主任共衫剝掉 閣攬牢-e,閣共撨去作伙洗身軀閣講叫伊愛共伊鑢尻脊骿,也攏無抵抗,乖乖聽伊的話,照做不誤!

這種的代誌 伊佮小羅 小楊攏毋捌做過,雖然彼工結果嘛無啥物代誌發生,伊嘛感覺足歹意思,毋過感覺予翁主任按呢食豆腐,伊不但無受氣,閣顛倒感覺彼个感覺袂穩!

為按呢,伊煞感覺懷疑伊家己的 「性向」是毋是有問題?無,為啥物伊做人的頭一捌「親密行為」煞去獻予仝性別的翁主任 ,伊嘛煞無反抗?
啊……伊想甲攏袂曉矣 !

~～～～～～～～～～～～～～～～～～

《註解》

1. 骨力 kut-la̍t：努力

2. 十喙九尻川 tsa̍p-tshuì-káu-kha-tshng：七嘴八舌

3. a-sá-lih：外來語，原日文，一般寫做 阿莎力：豪爽也

4. 燒氣 sio-khì：暖氣

5. 躘 lìng：掙脫

6. 鑢尻脊骿 lù-kha-tsiah-phiann：擦背

配角「翁主任」，照片由張寶成大師提供

154

阿梅的心事（四）

彼工阿梅佮 in 母 a 鬥陣轉去外媽兜 ，外媽 in 兜 蹛佇八連溪頭 一个風景誠婚的庄跤所在！

in 兩母仔囝沿著溪仔墘慢慢仔行，那行那開講。

溪仔邊的櫻花這陣開甲當婚，in 沿路行沿路看光景，不知不覺就來到半路彼个阿婆 in 兜。

這个阿婆的查某囝是母仔的同窗，in 自小學佮初中 9 年攏仝班，初中畢業母仔去讀商職，in 這个朋友原本想欲讀師範 ，因為 in 老爸主意叫伊去讀護理學校，可能是向望伊後擺會當嫁一个醫生！

經過 30 年後 in 這个同窗 e，不但無嫁醫生而且根本就無結婚，嘛毋捌聽講伊有查埔朋友！

伊咧大病院上班，大夜班 小夜班照輪，有時歇睏會來佮母仔相揣 ，見面的時照母仔講 in 嘛無啥物話講，就是攏來伊遮捒大眠，有時一个睏睏規工免食飯，睏煞就閣轉去病院！

干焦有一擺伊共母仔講：伊這世人就是予 in 老爸害著，叫伊讀護士學校想欲嫁醫生，毋過人醫生愛的是媠的佮有錢的，伊兩項攏無，哪有可能！閣咧病院上班 參外口攏無交插，連一般人的男朋友嘛無地交！

其實，聽母仔講，講嘛有人傳講有某一個醫生，好親像對伊有意思，捌去宿舍看伊，母仔講彼絕對無可能 ，因為伊真知影彼个醫生不過是佮伊同鄉，好意去共關心一下曷爾，根本就毋是有啥物男女的成份存在。

毋管按怎 橫直伊這个朋友 就是按呢無結婚就著！

行啊行來到母仔 in 同學 in 兜的崁跤，母仔雄雄看著崁頂一个頭毛規抱齊白的老查某人，母仔緊行倚去 喝講「oo-ba-sáng oo-ba-sáng 我啥人你猶會認咧我--袂？」

哪知影彼个老查某人聽著母仔喝聲 斡咧做伊入去 in 兜，母仔就按呢綴伊入去，一下看 原來就是 in 同窗本人 ，一個 50 幾歲的中年人

哪會變甲親像 in 老母按呢 70 幾歲的模樣!

這个代誌予阿梅足大的驚惶,伊想講人的一生上寶貴的就是青春少年,若無把握　一世人連鞭就過去,行毋著路是恐驚 e 無補救的機會!

毋過人欲行啥物路,嘛毋是遐好決定,伊的將來到底是欲順從愛伊的小羅,抑是伊愛的小楊,抑是彼个予伊迷戀的翁主任?伊嘛想甲袂曉　!想起來,又閣有影予伊足煩 e!

~ ~

《註解》
1. 摔大眠 siàng-tuā-bîn:睡大覺
2. 交插 kau-tshap :打交道
3. 規抱 kui-phō:整片,滿頭
4. oo-bá-sńg:外來語,源自日語,一般寫「歐巴桑」
5. 連鞭 liâm-mi:馬上

#李恆德台文集
107.12.19

157

阿梅的心事（五）（完結篇）

彼工阿芬敲電話來揣伊，講欲招伊去做送嫁，伊問講是啥人，應伊講是小莉！

小莉是伊國中的同學，規十年無連絡矣，同學會毋捌來，私底下嘛無來去，干焦知影伊國中未畢業就嫁矣，聽講尾仔 in 翁過身，伊離開 in 翁兜，一个囡仔真大漢矣，放佇 in 翁彼爿！

小莉佮阿芬是好朋友，阿芬閣佮伊是好朋友，這回小莉欲辦結婚，叫阿芬共伊鬥揣朋友做送嫁，阿芬就想著伊，雖然伊感覺奇怪，毋過看著同學的面子，伊一聲就允伊！

伊問阿芬講到底是按怎，阿芬講：講起來話頭長，無講你毋知，講了你就知！

原來小莉是隔壁班的一个同學，聽講是單親家庭，老母咧賣檳榔，老爸嘛毋知是啥人！

自細漢看 in 老母鬥過足濟查埔人，無一个正經，無一个有責任，小莉成 in 老母，自細漢生

婿，有時陣 in 老母的門頭的閣會想欲共食豆腐，所以伊足早就想欲離開 in 兜，一心欲脫離彼个環境！

國二的時，伊就交著一个附近的高中生，是一个外省的查埔囝仔，聽講老爸是一个大官，出門攏坐烏頭仔車彼種的。

彼時小莉才 15 歲，照講談戀愛結婚猶早咧，毋過小莉早熟，面模仔閣婿，身軀邊早就胡蠅蠓仔一大堆，毋過小莉看 in 母-a 的日子，知影男女中間袂使濫糝，若濫糝就悽慘，所以伊其實攏保持真正經！

話雖是按呢講，扗著這个查埔囝仔佮伊跋真的，伊嘛忍不住為伊失身！

國中三年下學期，離畢業猶二個月，小莉因為腹肚有身七八個月矣，學生制服掩袂牢矣，無法度，提早離開嫁去 in 兜！

伊是入門喜，in 翁閣是孤囝，愛囝連孫，愛花連盆，小莉入門事實是真得 in 序大人的疼，

日子聽講過甲不止仔幸福！

可惜天不從人願，小莉入門第四冬，in 翁煞來先去，原因是血癌，先天性的毛病，真病無藥醫，神仙難救無命人，彼年小莉才 19 歲！

翁婿過身了後，in 大家官顧著小莉猶少年，主動共伊講，願意予伊一筆錢，鼓勵伊閣去嫁，唯一的條件就是囝仔愛留落來！

離開 in 翁 in 兜，小莉嘛毋知欲去佗，in 母-a 遐伊實在袂癮去，所以有一站仔伊去投靠阿芬！

阿芬彼時佇家樂福上班，咧外口稅厝，小莉就按呢去阿芬遐蹛，嘛無偌久就綴伊入去家樂福！

伊入去家樂福第二年就去熟似著一个組長，無偌久兩个人就墜入愛河，這個組長家境並無好，毋過真心愛伊，無嫌伊的過去，但是小莉內心的創傷未平，對婚姻猶有驚惶，躊躇過一站仔，了後猶是這個組長的誠意來化解著伊的創傷！

紲落 in 就是同居，嘛閣有生一个囝仔，四年

160

前男方予人調去大陸，這一個去就是三年，舊年轉來就決心無欲閣去，所以嘛準備欲好好仔補辦一个結婚！

話講甲遮，換講著阿芬這爿，阿芬知影阿梅內心的艱難，毋過阿芬本身的苦處閣較大，因為阿芬看著 in 老母自嫁入 in 兜了後，就踮 in 兜做牛做馬，做一世人的奴才，到尾仔好心無好報，予阿芬的刺激足大！

in 阿公自本是做運轉手，家境其實嘛普通普通，毋過 in 阿媽真勥跤，in 母-a 是大嫂，下面小姑 2 个，小叔 5 个，伊本身閣生五个，就是為著欲生一个查埔的，所以一直生甲阿芬 in 小弟出世才無閣生！

按呢一家伙仔 16 个，放予 in 母-a 一雙手包辦所有的家內事，毋但大家官，連小姑小叔嘛予伊服侍，in 老爸軟弱攏毋敢計較！

到尾仔 in 老母中風，in 才搬出來，一直到過身 in 老母在床 5 年外，in 阿媽毋捌踏跤到，來共 in 母-a 看一下！

為著按呢，in 四个姊妹仔對婚姻攏足冷感，到今無一个結婚，極加是有同居的男朋友！

參加小莉的婚禮轉來，伊看著小莉的堅持得著真愛，得著幸福，尤其是婚禮中間，看著彼幕小莉的囡仔做花童，共伊牽網仔尾，可愛的模樣予伊足感動！

伊嘛想著阿芬 in 老母一世人悲慘的遭遇，予伊感覺人生的路猶是愛家己選擇，選家己所愛閣靠得住的人上要緊！

人生的幸福袂使交予序大人去主意，既然按呢就愛下決心採取行動，袂使閣三心兩意！

想到遮，阿梅想著閣兩工-a 小楊生日，按呢就愛緊來去好好仔攢一份仔禮物，來共伊鼓勵一下才著！

～～～～～～～～～～～～～～～～～～～

《註解》

1. 過身 kuè-sin：過世
2. 大漢 tuā-hàn：長大了
3. 大官 ta-kuann ：公公
4. 大家官 ta-ke-kuann ：公公婆婆合稱
5. 運轉手 ūn-tsuán-tshiú：司機，源自日語
6. 極加 kik-ke：頂多
7. 牽網仔尾 khan-bāng-á-bué：做花童，牽婚紗裙尾！

#李恆德台文集

2018.12.26

上圖配角「小莉」，下圖配角「阿芬」
照片由張寶成大師提供，請參閱「李恒德」的 FB

參、鄉土情

沙海戀

海水戀愛著沙埔
直直傱倚來欲共唚
沙埔嫌伊傷雄傷粗魯
一直共揀走
海水講，我袂曉溫柔
毋過，準講我會焦，石頭會爛
我愛你嘛永遠無變！

~ ~

《註解》
1. 沙埔 sua-poo：沙灘
2. 湧 íng：海浪
3. 揀 sak ：推

唐山過台灣

一條路途天遐遠
想著風湧跤手軟
拚命為著顧三頓
十去六死心頭酸

一隻船仔細仔台
包袱款款綴伊來
離開故鄉頭一擺
目屎偷拭啥人知

想著故鄉的爸母
心肝親像針咧揆
某团猶原園佇厝
此去毋知贏抑輸

若無故鄉歹趁食
哪著迢迢出外行
向望媽祖有靈聖
保我成功有名聲

~ ~

《註解》

1. 遐 hiah：那麼
2. 傱 tsông：奔跑
3. 細仔台 sè-á-tâi：小小隻
4. 款款 khuán-khuán：收拾好
5. 揬 tuh：戳
6. 趁食 thàn-tsia̍h：謀生

#李恆德台文集

阮兜的巷仔口

阮兜的巷仔口
無彼號檳榔擔
看起來欲成欲成的彼擔
是 10 箍一粒的壽司

若是阮上捷去的所在
是邊仔彼間的「小 7」
逐工佇遐食早頓配報紙
買飲料看雜誌食冰枝

有時嘛會買咖啡寄小包
過年時閣會踮遐訂年菜
拄著趕緊的時嘛會來遮印教材

對面彼間齒科大間閣響亮
服務聽講袂穩毋過我毋捌共交關
因為新婦是齒科醫生介紹我去別間

齒科對面修車場
20 冬前我搬來就設佇遐
當初想講遐是三角窗

做修車場傷拍損
掠準連鞭就會搬走

啥知影都市計劃遐是綠地
政府無徵收，土地猶是私人的
修車場是既成違建
免拆毋過嘛袂使改建

這個所在是明德路懷德街的路口
路口是咧創啥？
路口就是糞埽車收糞埽的所在
阮三工兩工就愛乖乖仔來報到

搬來遮 20 幾冬矣
上大的感想是這個所在 20 冬無變

雖然有人講三年一閏，好歹照輪
抑嘛有人講 有時天光有時月明
毋過佇阮遮這個所在
有閏無閏，是天光是月明，攏無差
20 冬咻一下就過，阮這个所在猶原彼个模樣，
半屑就無變

~ ~

《註解》
1. 上捷 siōng-tsia̍p：最常
2. 小包 sió-pau：包裹
3. 交關 kau-kuan：購買
4. 新婦 sin-pū：媳婦
5. 拍損 phah-sńg：浪費
6. 糞埽 pùn-sò：垃圾

#李恆德台文集

夜半的小七店

時間是暗時 22 點 45 分
照講是真晏囉，抑毋過
電火嘛是光燦燦 tshànn-tshànn
人客出出入入鬧熱滾滾

窗仔口的長桌猶坐甲滇滇
有人食物件有人耍手機，
有人講電話嘛有人咧開講

我身軀邊這兩位老兄
佇遐講生理撫代誌
講誠久猶毋知通煞

猶有人佇架仔頂沓沓仔咧揀物件
嘛有人牽囡仔入來
趕烆烆 tshuh-tshuh 物件捎咧就走

顧店的店員
那服務那整理架仔頂的貨
予人僥亂去的物件愛重排
到期的食品愛提落來

遮的少年仔逐家攏骨力閣好喙

我是一罐茶罐
俗俗仔開 23 箍
坐佇遮看雜誌，吹冷氣
沓沓仔看，無人共你趕
享受一个社區阿伯的福利

~ ~ ~ ~ ~ ~ ~ ~ ~ ~ ~ ~ ~ ~ ~ ~ ~ ~ ~ ~

《註解》
1. 滇 tīnn：滿
2. 生理 sing-lí：生意
3. 撨 tshiâu：安排、商量，通常字「喬」
4. 沓沓仔 ta̍uh-ta̍uh-á：慢慢地
5. 捎 sa：抓
6. 僥 hiau：翻
7. 骨力 kut-la̍t：認真
8. 開 khai：花費

#李恆德台文集

買菜

阮某叫我去買菜
素食附近無，愛去士林市仔才有

驚我行毋著間，就三叮嚀四交代共我講：
「按劍潭站行過來，對大東路入去，倒手爿頭
一條巷仔幹入，頭到彼間才是！」

我嘛驚講聽無詳細，閣問伊講：「是毋是對賣
豆菜的彼逝入去？」
伊講：「著」，按呢我就放心矣！

為甚麼遐要緊，問了閣再問？
因為仝一个市仔，賣仝款的足濟間，閣開足倚，
小可仔無斟酌就會行毋著去！

啊，別間買敢袂使？
袂使！某講的，這間較俗閣較鮮啦！
無食菜的人毋知影彼个奧妙，阮某是足講究的

食菜的人素料較有用著，一般菜市仔袂當滿足
伊的需要，所以伊會四界探聽，啥物料佇佗位

買，袂使清彩！

當初搬來台北，上起先，阮某是聽人講民生西路有一間賣素食料的袂穩，所以伊若欲買素料，大部分會去遐買！

了後有人報伊西藏路果菜市場邊有一間素食大賣，店比民生西路彼間較大間，貨較足，阮就有--遐--久仔會專工去一逝，一擺款款一大堆，才落計程仔轉來！

尾仔西藏路果菜市場拆掉改建，彼間素食大賣店嘛收起來，阮某又探聽著濱江市場邊仔有一間大賣，伊就換來遐買，我就綴伊去揤，做伊的 kho-tsú-khái-á（小跟班！）

最近伊發見著士林市場內底的素食材料店，雖然無濱江遐彼間遐大間，毋過伊愛的，除去「甘蔗筍」這味伊無，以外攏有！

自按呢伊改踮士林市仔遮買
阿彌陀佛，踮遮買近濟咧，我加足方便！

抑若想著愛食甘蔗筍，另工我才專工共伊走一
逝嘛無甲佗去！

~ ~

《註解》
1. 倒手爿 tò-tshiú-pîng：左手邊
2. 斡入 uat-jip：轉進去
3. 逝 tsuā：行
4. 倚 uá：靠近
5. 小可仔 sió-khuá-á：稍微
6. 斟酌 tsim-tsiok：小心
7. 食菜 tsiah-tshài：吃素
8. 清彩 tshìn-tshái：隨便
9. 有--遐--久仔 ū--hiah--kú-á：久久一次

#李恆德台文集

米價

毋通講我
「食米毋知米價」
橫直我也無欲選總統
知毋知有啥關係

毋過你若講我毋知
你就錯了
我真正知甲有賰

因為阮兜的米攏我咧糴的
這白米　糙米一斤攏 28 箍
這秫仔一斤 36
按呢你知--無？

附近這間米店阮是老主顧
伊的米有鮮貨色有齊
厝內干焦二个老人食米有限
大賣場的米攏大包裝對阮無合
所以阮兜的米攏佇遮交關

講著米價實在是真敏感的問題

米價若懸消費大眾就喈喈叫
米價若低農民就哼哼呻
講啥物以農立國攏嘍潲
自古以來犧牲的攏嘛是農民

莫怪這馬少年的無人欲做農
崑濱伯仔欲九十猶咧做田
你就知影咱食的米粒有偌寶貴

寶貴還寶貴可憐照常嘛可憐
萬項攏起 干焦米攏無起
一斤米換無一杯冰茶

抑若欲換一支手機仔
親像彼號蘋果的
可能就愛千偌斤
阿娘喂 按呢你講敢毋是誠僥倖？！

~ ~

《註解》
1. 糴 tiàh：買米
2. 秫仔 tsùt-á：糯米

177

3. 干焦 kan-ta：只有

4. 交關 kau-kuan：購買

5. 喈喈叫 kainn-kainn-kiò：鬼叫鬼叫

6. 哼哼呻 hainn-hainn-tshan：叫苦連天

7. 嘐潲 hau-siâu：瞎說

8. 僥倖 hiau-hīng：悲慘

#李恆德台文集
2016.06.13

春天的跤步

挼一寡食賰的芳瓜仔子
囥佇花盆仔內底
也無沃水也無落肥
也無去巡也無特別去照顧
就親像我已經袂記去矣

啥知影過無幾工
就雄雄看著伊咧發 puh 穎
新發的穎好親像今仔出世的紅嬰仔
佇遐探一下探一下
用好玄的眼光偷覓這个新鮮的世界

閣來就連鞭變做規盆的芳瓜仔栽
紲落來就旋藤旋甲規窗仔口
我攏袂赴通看
伊就家己一直大起來

我忍不住共阿咾兼讚嘆
因為想袂到伊遮爾乖巧古錐得人疼

我毋是真正欲種芳瓜仔

179

只不過是欲欣賞這青翠的枝葉
佮伊一暝大一吋的生命力

隨然猶閣是秋天
毋過予我感覺敢若春天已經到矣

~ ~

《註解》
1. 掖 iā：撒
2. 賰 tshun：剩
3. 芳瓜仔子 phang-kue-á-tsí：香瓜籽
4. 囥 khǹg：放
5. 覓 māi：瞥
6. 栽 tsai：苗
7. 旋藤 suan-tîn：攀藤

#李恆德台文集
2016.9.3

榕仔跤的老人會

燒酒捾--兩--罐
好菜叫--幾--項
豬跤塗豆　魚頭火鍋
鹹菜竹筍　芋莖　路蕎
樹仔跤罔坐　燒酒糝啉
雞脽罔炸　臭彈無罪

「阿文」上斯文
串講講古文
見講攏講：有音就有字
閣嘛堅持：字愛古字才算是

「大人」人面闊
交陪一山坪
欲聽英雄事蹟江湖傳說愛看伊

「阿坤仔」人緣投
逐家相信伊「妹仔緣」一定誠好
毋過人伊攏無承認
逐擺攏講啥物都無發生

「姜老師」是大哥
人有修養腹肚有膏
話無烏白講
恬恬笑笑聽阮炸曷爾

抑若我
佯悾佯痟我上 gâu
詼東詼西無輸--人
既然欲食酒，就愛放輕鬆

一陣五个超過 360 歲的老人
久久仔相招鬥陣一擺
攏是老朋友，毋免驚落氣，歡喜就好

~ ~

《註解》：

1. 芋莖 ōo-huâinn：芋頭的桿，可食
2. 糝啉 sám-lim：隨便喝
3. 雞脆 ke-kui：本意雞的素囊，當做汽球的意思
4. 罔炸 bóng-tsuànn：隨便吹吹牛
5. 串講 tshuàn-kóng：每次都這麼講

6. 佯 tènn：裝做
7. 詼 khue：取笑，玩笑

#李恆德台文集
2017.4.13

春天佇佗位

春天佇校園的操埕邊
彼欉鳳凰木
有兩蕊紅花猶未等和齊
就偷偷仔先開出來

伊講伊無愛佮人鬥陣
因為佮人鬥陣就愛開甲六七月
彼時學生仔欲畢業離開
伊會毋甘 心酸 目屎流

春天佇佗位
春天佇校園的操埕邊
痴哥刺仔的白花滿四界
一陣白蝶仔佇遐颺颺飛

花嘛白色蝶仔嘛白色
害我煞分袂清

毋過白蝶仔足無閒
這蕊沾一下，彼蕊沾一下
敢若一个多情的少年家

184

逐蕊都嬌逐蕊都佮意！

~ ~

《註解》

1. 和齊 hô-tsê：湊齊

2. 毋甘 m̄-kam：不捨

3. 痴哥刺仔 tshi-ko-tshì-á：俗稱咸豐草又名鬼針草的刺

4. 颺颺飛 iānn-iānn-pue：高調的四處飛舞

照片由張寶成大師攝影

185

這條巷路

恬恬 a 離開
無相辭
無講再會
無講有閒閣再來

14 工佇遮出入
有人來，有人去
來的人憂頭結面
去的人滿面歡喜

上感念
護理站的小姐
一直攏遐親切
遐爾 a 好禮
遐爾 a 骨力
遐爾 a 認真共你顧甲遐爾仔好勢

講是病院
哪會攏毋捌聽人哼呻
毋捌聽人叫痛
嘛無鼻著藥水味

連酒精味都無

遮爾清氣相
無輸蹛飯店
安心閣四序

按呢講敢著
三八啦
無代誌啥欲來

時間到自然愛離開
轉去家己的狗岫
猶是狗岫較穩啦！

～～～～～～～～～～～～～～～～～～～～～～

《註解》
1. 恬恬 tiām-tiām：靜靜
2. 好勢 hó-sè：完善，妥當
3. 哼呻 hainn-tshan：呻吟，叫苦，叫痛
4. 清氣相 tshing-khì-siùnn：乾淨
5. 四序 sù-sī：完美，理想
6. 岫 siū：窩

大雨

雄雄一陣大雨
落佇捷運站路口
無張無持
害遮的人無地去

我下課轉來
拄仔好去赴著
無要緊
赴雨就是富戶

毋過這種雄狂雨
一般攏是一陣仔就過
今仔日哪會落遮久毋知通煞

好天規工
啥知這陣遮暗才來反天

日時仔並無偌熱
無親像彼種熱了過頭落雨應該

氣象嘛敢若無報
橫直無準
攏無咧共信
所以嘛無咧斟酌聽

人講春天後母面
出門紮雨傘就無母著

毋過我鐵齒慣勢
攏毋捌咧共信篤

因為見擺我若紮雨傘
一定好天

抑若無紮
就定定會落雨
就親像今仔日

是天佮我作對
抑是我牛頭剾
愛佮天對抌

~ ~ ~ ~ ~ ~ ~ ~ ~ ~ ~ ~ ~ ~ ~ ~ ~ ~ ~ ~

《註解》

1. 無張無持 bô-tiunn-bô-tî：沒料到忽然間
2. 赴著 hù-tio̍h：趕上
3. 赴雨 hù-hōo：趕上下雨
4. 斟酌 tsim-tsiok：小心留意
5. 毋捌 m̄-pat：不曾
6. 信篤 sìn-táu：聽信，理會
7. 對扴 tuì-keh：不信邪對著幹

#李恆德台文集
2019.03.30

平溪的老街

名聲迵京城
講阮上出名
老街得人疼
通人攏知影

毋免綴人鬥鬧熱去放天燈
毋免遐辛苦行彼逝遠路去看瀑布
平溪迷人的所在就是佇遮

迤迤斡斡的細條巷仔
規排保留古早味的樓仔厝
張君雅小朋友雄雄走過的跤跡
山產、海產、塗豆糖的廣告
綴時代會著的咖啡店

橋邊彼對少年的愛人仔
橋頂沓沓仔行過的中年老翁婆
溪岸邊隨風搖來搖去的竹苞
佇這个過晝仔的時陣
這个景致予我深深為伊來迷醉

時間佇遮好親像倒退 50 冬
見景傷情引起我的鄉愁
我的鄉愁毋是平溪
我的鄉愁是三芝！

~~~献予平溪的好友林明坤兄

~ ~

《註解》
1. 迵 thàng：通，透
2. 鬥 tàu：湊
3. 毋免 m̄-bián：不用
4. 迤迤斡斡 i-i-uat-uat：彎彎曲曲
5. 竹菢 tik-phō：竹叢

#李恆德台文集
2016.4.26

菜園

下晡去竹圍仔國中台語社
半路仔看著路邊這片菜園
予我想著做囡仔時代阮阿母種的菜園

阮兜的菜園是佇阮厝後溝的竹林邊
一年週天阮兜三頓的青菜攏是佇遮種出來的

彼塊菜園無偌大塊
大約是成分地仔曷爾

原本遐是種一寡果子
會記得有三欉龍眼、四五欉弓蕉、兩欉菝仔、
十數欉王梨！
簡單講就是種來家己食迌迌仔的
毋是欲種來賣的

龍眼是彼種細仔粒仔閣薄肉的鈕仔眼，肉無濟
毋過真甜。
因為龍眼欉大欉，龍眼椏細枝，所以欲挽龍眼
愛用竹篙頭前剖開做叉仔來絞
弓蕉攏是在欉黃才割落來的

毋免閣用電汰落去隱的彼種。

王梨當然是正港的土王梨，欲食皮削開的時，王梨的肉閣有一窟一窟阮共叫做鼻，愛閣用菜刀共彼鼻挖起來才會當食，按呢阮叫掠鼻！

「耕者有其田」了後，阮原本的菜園仔土地去予人征收去，毋才共厝後溝這塊土地開墾起來做菜園。

規坵菜園差不多有十幾股
有的種蕹菜，有的種莧菜，有的種刺瓜仔，有的種豆仔，大約是敏豆仔佮長豆兩種！

以外猶有芹菜、韮菜、蔥仔、蒜仔
猶閣有芥菜、萵仔菜、茄、菜頭佮菜擴。

猶有一種叫厚茉仔，有人嫌伊煮的時油若參無夠會咬喙咬喙，毋過我真愛食！

菜園仔邊有一个真大的糞埽堆，老爸誠巧，踮頂 a 搭一个竹棚仔，專門種彼種會旋藤的菜，有時種匏仔，有時種菜瓜，有時種佛手瓜，有

時是匏仔菜瓜作伙種！

竹棚仔真闊，土質真肥，所以遮的匏仔菜瓜不時攏生甲衲衲累，看起來誠嫷誠茂 ām！

匏仔上 gâu 生，食袂去，攏共提來做鹹匏仔，和芥菜食袂去做的鹹菜，鹹菜乾仝款，年頭食甲年尾，予阮食甲驚，食甲目屎流！

家己種的草菜，新鮮好食，閣予你一年迵天免買菜，毋過種的時嘛真厚工，真辛苦！

我囡仔人雖然袂曉種，鋤頭攑無法，毋過嘛捌鬥扛尿桶去沃菜，彼个臭尿薟味到今我猶會記得！

~~~~~~~~~~~~~~~~~~~~~~~~

《註解》
1. 成分地 tsiânn-hun-tē：將近一分地
2. 在欉黃 tsāi-tsâng-n̂g：在果樹上就熟了
3. 隱 ún：人工催熟
4. 蕹菜 ìng-tshài：空心菜

5. 菜擴 tshài-khok：大頭菜
6. 臭尿薟 tshàu-jiō-hiam：尿放久後有阿摩尼亞的味道，薟是辣也！

#李恆德台文集
2018.11.26

魚

細漢時仔食魚真稀罕
蹛佇庄跤，菜攏家己種，毋捌咧買菜
就愛魚販仔擔魚來賣，才有魚通食

魚販仔賣的攏是煤過的「熟魚仔」！
親像四破、巴郎仔、青鱗仔、鐃仔、魛仔、小
管仔，攏是細尾魚仔，嘛無定定有！

這幾種攏是台灣北海岸佮宜蘭海邊近海的海
產，以早用牽罟掠就有
這馬予人掠甲欲斷種去矣，欲食著愛去老社區
的老市場，彼種老人飯擔才有！

有時佇菜市仔罕罕 a 看著熟魚仔擔，心內想愛
食，想講買寡轉來厝裡家己焢，毋過老某食菜
驚臊，我猶是毋敢買，共喙瀾吞落去！

四破較圓身，肉濟無刺，上受歡迎
巴朗仔就是「竹筴魚」，日本人共伊曝做「一
夜干」，人講「巴郎仔好食毋分翁」，可見看偌
好食咧，毋過尾溜有有殼，我較無佮意！

197

魩仔逐个較捷看 e，鱙仔我看就是丁香，毋過
有人講毋是，我嘛分袂清！

小管我上愛，細漢時仔阿母攏共小管用豆油薑
絲來炊，食伊的原味，有夠好食 ，結婚了後，
阮某攏用油煎的，閣較芳！

大尾的就年節仔拜拜才有看著
拜神門牲禮見用的是「龍尖」佮「花飛」，花
飛這馬叫「鯖魚」，較早真臭賤，這馬予日本
仔鑑定過，身份變較高尚！

較好料的魚親像「赤鯮」「嘉鱲仔」「烏鯧」「白
鯧」「石斑」「烏格」是愛去予人請才看會著！

這馬三頓食外口
便當店魚真少
若有毋是潘粉糊的鱈魚排，旗魚排
抑無就是豉鹹的花飛佮紅鰱魚

自助餐廳魚有較濟--寡
嘛是肉鯽、紅目鰱、南洋仔、虱目仔，抑是飛
刀佔大部分

198

極加有「馬頭」，彼就誠「上等 jió-toh」矣！

阮遮有一間便當店，竟然予我發見著有這種
「金線鰱」
鮮甲比海產店的較鮮
予我忍不住一擺拢兩尾！

~ ~

《註解》
1. 煠 sàh：水煮
2. 定定 tiānn-tiānn：常常
3. 牽罟 khan-koo：海邊近岸用定置網網魚然後
   大家合力拉網的捕魚方式
4. 滒粉楠 kō-hún-tsìnn：裹粉炸
5. 有 tīng：硬

天母

攏講天母沒落
我講哪有
小小仔所在無幾條街，百貨公司猶三間
生理照常猶沖沖滾

異國的料理店
美國的、法國的、意大利的、德國的、日本的、
韓國的、印度的、泰國的，應有盡有

台北上好的印度菜餐廳佇遮
米其林一粒星的台灣料理店嘛是佇遮
聽予清楚，是台灣料理毋是中國料理

出身北投酒家菜的「金篷萊」堅持正港本土的
台灣菜
白鑿雞、排骨酥、五柳魚、紅蟳米糕、佛跳牆，
攏是伊的手路菜，予伊名芳四海，欲食愛冗早
定位

遮的外國仔猶是台北上濟的所在
行佇街仔路

拄著阿啄仔，抑是日本仔，抑是烏擄擄毋知佗
來的外國仔，是四常的
美國仔學校，日本仔學校猶是原在佇遮

「天母棒球場」竟然是台北僅有一座國際標準
的棒球場。
頂回「世大運」球賽就是佇遮辦的

猶有一項天母人上驕傲的代誌
就是台北上清氣相，上高尚，小食店上有水準
的傳統市場，就是佇遮的「士東市場」
只不過伊的物件有影有比人較貴

行佇中山北路七段，超過 15 度斜度的崎路
予你感覺親像去到舊金山
路尾的所在，以早是美軍顧問團的宿舍
一棟一棟的洋房正是代表天母當年的風華

路尾閣去彼條「水管路」1400 幾坷的山路
是台北人 peh 山上神聖的一條路
平常無咧運動的人，peh 著到地會大氣喘袂離，
心臟強予定去

其實真正予天母人上留戀的，毋是啥物「異國風情」，是忠誠路規條街仔的「苦楝仔舅」
七月花開，規條街攏是花，毋是嬌艷，是足有看頭

天母人會為伊辦「天母欒樹節」
天母人嘛為著伊拒絕台北市政府欲開來的輕軌捷運
因為捷運欲行忠誠路，愛剉掉一排苦楝仔舅

真濟人講捷運無來可惜
毋過天母人歡喜甘願
因為 In 講若無「苦楝仔舅」就無天母

我蹛天母隔壁，迒過阮厝後溝彼條「磺溪」就是天母
雖然我毋是天母人，毋過天母這个隔壁親家猶是我不時親近的所在
「天母家樂福」「天母 sogo」猶是我生活中的所愛！

~~~~~~~~~~~~~~~~~~~~~~~

《註解》

1. 阿啄仔 a-tok-á：大鼻子，西洋人
2. 烏擄擄 oo-lu-lu：黑不溜丟的膚色
3. 清氣相 tshing-khì-siùnn：乾淨的樣子
4. 苦楝仔舅 khóo-lîng-á-kū：台灣欒樹

#李恆德台文集
2018.11.12

對鐵路的事故講起

這擺的鐵路事故，死傷遐爾濟人，甚至有一家伙仔七八个人坐全車做一擺拄著不幸，予人實在足毋甘！

講著事故原因檢討起來誠濟，簡單一句話叫做「先天不足，後天失調」，歹命囝閣拄著歹年冬，論甲真來，有影真苦憐！

逐家攏知影，鐵路列車咧行，車廂愈闊，安全性就愈懸！

按照鐵路法規定，中華民國鐵路的闊度是國際標準的 1.435m(4 呎 8 吋半)
這个標準的闊度是 19 世紀英國人制定的
伊是用兩條鐵枝路的外緣距離 5 英尺減去兩條鐵枝仔本身的闊度來算出來的

全世界的國家差不多攏是以這个寸尺來築鐵路，只有俄羅斯因為土地大所以西伯利亞鐵路的闊度是 1.8m，咱共伊號做「寬軌」！

日本彼个時才今仔開始西化，可能為著經費抑是土地較狹，所以只有採取 1.067m(3 呎 6 吋)的闊度，咱共伊號做「窄軌」！

台灣的鐵路是日本時代築的，所以嘛自然就綴人用彼个「窄軌」！

東部的花東鐵路當初是閣較狹，只有 0.762m，咱共伊號做「輕便鐵路」，俗語共叫做「五分仔車」，西部足濟糖廠的火車嘛是全這種寸尺！

這種「五分仔車」駛袂緊，以早捌聽人講坐這種車會使跳落來路邊挽一支甘蔗來食，才閣逐倚來 peh 起來坐，這種代誌嘛毋知有影抑無影，我本身是無彼號經驗！

東部鐵路一直到頂个世紀 70 年代為著提高運能，才落去進行拓寬佮西部鐵路平闊的 1.067，方便日後進一步的環島鐵路的建設！

所以，鐵路局的問題，單一項軌道的闊度，就已經是先天不足，無法度克服的問題了！

當然，後來新造的高鐵佮捷運都攏是 1.435 的標準闊度了！

高鐵會當一點鐘走甲 300 公里的速度，嘛是愛有這種的闊度才有才調！

當然，訓練、管理佮跤手無夠嘛是這回事故的重要原因，期待經過這擺的教訓，會當帶來徹底的改革，予不幸的事件永遠袂閣發生！

~ ~

《註解》
1. 遐爾 hiah-nī：那麼
2. 毋甘 m̄-kam：不捨
3. 遏 at：折
4. 逐倚來 jiok-uá--lâi：追過來
5. 平闊 pênn-khuah：一樣的寬度
6. 才調 tsâi-tiāu：本領

#李恆德台文集
2018.11.24

傷情

今仔落過雨
塗跤猶澹澹
天氣袂蓋燒熱
閃爍的夜景佇我面前
我坐佇遮歇睏
等欲來去上課

少年 e 挨挨陣陣
行對身軀邊過
逐家看起來真無閒
毋過予我哪會感覺煞有一點仔同情
時機穤穤　前途茫茫
in 欲行對佗位去？

佇阮少年的年代
雖然物資較缺乏
毋過人講
甘願做牛毋驚 e 無犁通拖
這馬咧，遮濟少年　犁佇佗位？
想著強欲替 in 流目屎！

~ ~

《註解》

1. 今仔 tann-á：才剛剛
2. 塗跤 thôo-kha：地面上
3. 澹澹 tâm-tâm：濕濕的
4. 挨挨陣陣 e-e-tīn-tīn：挨挨濟濟

#李恆德台文集
2017.7.23

看圖講故事，台灣歷史罔破讀

~趣味的「皇輿全覽圖：福建省」

1683 年，台灣的鄭氏王朝因為內亂，叛將施琅領清兵打敗了鄭經的部隊，將台灣獻予清國。

對清廷來講，最後一股反清的勢力，予伊消滅，是一層真歡喜的代誌，毋過是毋是欲共納入版圖，朝廷內部猶有真濟無仝的意見。

真濟大臣認為：台灣遐爾寫遠，歹照顧，容易予海盜，反清勢力利用做反亂的基地，若欲有效統治，國庫每年愛開足濟銀兩，規氣莫愛較好！

征台大將施琅當然有無仝的意見，伊極力主張愛收留起來，最後康熙皇帝採納了施琅的「國防戰略，東南門戶，不可輕言放棄」的觀點，共伊畫入福建省來管，設了一个「台灣府」，淡薄仔有毋情毋願的心情收起來統治。

毋過為著無欲予反清的根基繼續留佇台灣，康

209

熙下令強制鄭氏王朝的官兵一律愛遷回，一時間，有兩萬外人予人強制遷轉唐山！

這就是會當說明講台南明明是台灣上早開發的所在，當初來的人差不多攏是綴鄭成功來的泉州人，其中大部分是同安佮南安的人，毋過你共聽這馬台南人講的話，煞差不多攏是講漳州腔的話！

這幅圖是康熙老爺請西方傳教士畫的，咱共斟酌看，伊畫的台灣只有半爿，中央山脈以東完全無看著！

可見彼當時山地原住民活動的範圍，漢人猶是驚伊三分，毋敢入去！

~ ~

《註解》
1. 破讀 phò-tāu： 破解句讀，閒聊之意
2. 寫遠 tiàu-uán：遙遠，偏遠
3. 規氣 kui-khì：乾脆
4. 綴 tuè：跟隨

5. 斟酌 tsim-tsiok：小心

#李恆德台文集

2014.5.20

福建省《中國新地點集》
(Nouvel Atlas de la Chine, de la Tartarie Chinoise)
台灣部份是根據馮秉正等人的測繪編製
教士奉康熙皇帝令在中國繪測此圖時，亦將測繪的副本寄回
因此在我國〈皇輿全覽圖〉刻印的三年前歐洲就已出版此圖

若毋是這个人台灣會足悽慘

1944 年年尾,太平洋戰爭已經來到尾聲,美軍已經提著全面的空中優勢

失去制空權使予日本的聯合艦隊海戰一再失利,二隻日本人上得意的主力艦,「大和」佮「武藏」都才出海,兩秤半就去予美國仔摃落去海底見海龍王。

美軍毋但武器比日本較厲害,連科技嘛比日本仔較先進,聯合艦隊司令官「山本五十六」竟然因為通訊暗號去予美軍破解,出巡的時,坐的飛機佇半空中予美軍拍落來,死佇南太平洋的海底!

到遮來,局勢看起來已經足明矣,海戰方面美軍已經提著全面的優勢,日本仔已經無力和美軍對抗;仝彼个時,歐洲戰事嘛已經結束,美國政府感覺進一步反攻日本的時機已經成熟囉!

羅斯福總統共麥克阿瑟揣來美軍太平洋總部

討論反攻的策略，照彼時太平洋總部的計劃是跳過菲律賓直接進攻台灣，再由台灣拍去日本 。

若是按呢，一旦台灣變成美國佮日本決戰的所在，台北變成亞洲戰場的「史大林格勒」，照美軍遐爾強的火力佮兇殘的手段來看，台灣絕對會予人拍甲寸草不留，毋知會變偌悽慘。

好佳哉這个計劃因為麥帥的反對才無成，因為麥帥認為台灣島傷大歹拍，若欲提台灣至少半年的時間，犧牲至少 30 萬部隊，不如跳過台灣，先提琉球較要緊。

羅斯福總統最後裁決採用麥帥的計劃，不但按呢，為了減少傷亡，提早結束戰爭，到杜魯門總統接任了後，進一步閣用二粒原子彈共戰事解決掉！

這層代誌予台灣避過一場世紀的大災厄，莫怪細漢的時感覺台灣人普遍真崇拜「麥克阿瑟」！雖然彼時的台灣人是日本「皇民」，美軍也不時轟炸台灣，共台灣人舞甲緊張甲欲死，毋過

台灣人好像對美國仔無真大的惡感，閣崇拜麥
帥，可見做人愛予人看會起，就算是敵人嘛全
款會當予人尊敬 ！

~ ~

《註解》

1. 兩秤半 nn̄g-tshìn-puànn：兩下子
2. 足明 tsiok-bîng：很清楚
3. 遐爾 hiah-nī：那麼
4. 偌 guā：多麼

台北城的風水

你知影為啥物台北城的北門無佇正北,南門無佇正南
為啥物城內街路和城的牆圍變做歪斜的角度?

這若講起來話頭長!

台灣的開發是由南往北
1875 年進前,台北猶是屬於新竹的淡水廳所管,規个台灣猶屬福建省
佇彼年,福建巡撫才奏請清廷佇台北設府
淡水廳也同時遷來台北改名淡水縣

1879 年台北府正式成立,知府陳星聚也隨籌備建台北城
陳星聚將府城選佇艋舺佮大稻埕中間,一塊猶未開發的所在
並且決定以南北向用棋盤形做建城的佈局
街路的劃設佮府縣相關衙署的設施嘛照這个方向來進行

落尾城的牆圍的起造改由台灣兵備道劉璈來

負責

劉璈是彼時台灣上大的官，本身迷信風水，認為原來由知府所主持設計的風水無講蓋好，所以伊就決定將台北城由原設計正北，改做向東轉斡 16 度的佈局！

劉璈按呢做表面上是欲將台北城東爿有七星山做倚靠，其實真正的目的是欲予號名「承恩門」的北門對準北京紫禁城的城門，表示「皇恩浩蕩」，風水之說在我看不過是借口罷了！

毋過伊做這个改變的時，原本城門佮街路攏已經落手進行，袂赴綴咧改變
所以才會造成結果北門設佇西北，南門設佇東南，城內街仔路變西北東南向的模樣！

這座台北城，佇 1882 年開工起造，1884 年建造完成，城圍懸一丈五，厚一丈二，全部由台北附近內湖金面山的石材造成，非常堅固。

1885 年台灣建省，巡撫嘛猶照原佮福建巡撫公家，一般民政方面佇 1891 年才派唐景崧來

臺灣做第一任的布政使，衙門設佇台北！

三年後，中日戰爭清國戰敗，朝廷將台灣割予日本，1895 年 6 月初 7 彼工，日本軍隊佇台北的地方士紳派人開門迎接之下，和平進入台北城，表示台北城雖然堅固，嘛無發揮著抵抗外敵的功能！

1897 年日本人為著建置現代化的都市，開始研究欲拆台北城，到 1904 除去 4 个城樓保留以外，所有的牆圍攏予日本仔下令拆了了。

五十萬兩銀起的台北城，經過劉璈佮風水師精心設計的台北城，前後才 20 冬就嗚呼哀哉自身難保了，風水的代誌真正是罔聽就好！

～ ～

《註解》
1. 轉踅 tńg-se̍h：旋轉
2. 落尾 lo̍h-bué：最後
3. 綴咧 tuè-leh：跟著
4. 公家 kong-ka：共同擁用

5. 罔聽 bóng-thiann：姑罔聽之

#李恆德台文集

2018.2.26

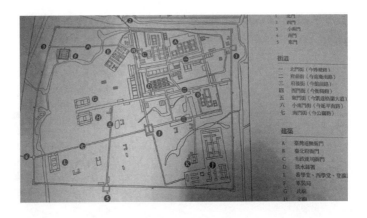

對一張圖講台南的滄海桑田

講著台南你會想著啥物？
安平古堡？赤崁樓？台江內海？運河？
擔仔麵？鱔魚麵？蝦捲？虱目魚糜？

台灣四百年歷史對台南開始，四百年以前毋是
無歷史，是講四百年進前的歷史是四散，無連
貫，無系統，無文字記載的歷史

彼陣的歷史是存一寡塗底挖出來的瓦頓仔，石
棺，鐵具佮人的死骨頭等等的遺跡，上久的有
萬外年的長濱文化，上近的是二千年左右的十
三行文化

閣來就是出現佇各地的原住民，有人講 in 是
南島民族，對菲律賓甚至南太平洋過鹹水來的，
因為嘛是無文字，所以無法度詳細的稽考。

彼陣的原住民有蹛深山的山地原住民，有蹛平
地的平地原住民，不管是啥物原住民，in 互相
無來去，全島無一个統一的王國，只有是四散
的部落，人口數照荷蘭人的統計佮推算估計，

全台灣無超過十五萬人！

簡單講若莫有外來移民的入侵，彼陣的台灣有影是一个人間的仙島！

可惜這種好的日子無通永遠，近的日本，遠的葡萄牙，西班牙佮中國的海賊一直佇遮附近海面出入做生理，歸尾荷蘭人佇 1624 年來佔領台灣！

一開始，荷蘭人是先佇 1622 年去佔領澎湖，彼時澎湖屬中國所有，大明朝的官員叫荷蘭人放棄澎湖換來無屬 in 所管的台灣，所以 in 才撤出澎湖來到台灣！

有看過 17 世紀荷蘭人畫的一張地圖，圖內底倒爿的熱蘭遮堡就是這馬的安平古堡，正爿的「普羅文西村」也有稱「普羅民遮」，就是這馬的赤崁樓

「普羅文西」叫村無叫堡，表示彼時城堡猶未起，「普羅文西堡」是 1653 年才起的，彼時已經是荷蘭人統治的末期。

這兩个城堡中間的這片海，這馬攏已經變做台南的市區！

不過才短短 350 年，變化遮大，莫怪人講「滄海桑田」，予你想都想袂到！

～～～～～～～～～～～～～～～～～～～～～～～

《註解》
1. 瓦頓仔 hiā-phué-á：瓦片
2. 過鹹水 kuè-kiâm-tsuí：漂洋過海
3. 蹛 tuà：住
4. 做生理 tsò-sing-lí：做生意
5. 倒爿正爿 tò-pîng　tsiànn-pîng：左邊右邊

#李恆德台文集
2015.4.10

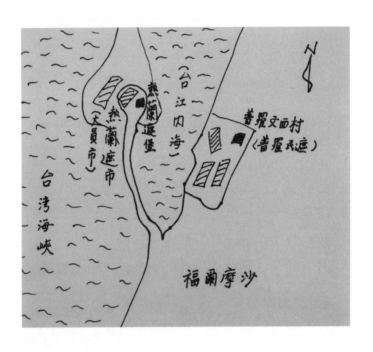

覓鴞

覓鴞佇天頂飛
阿母叫我緊去攑雞筅喝覓鴞
我佮隔壁阿狗 a 當咧搝觀音媽繩
阿母咧叫，我喙應伊好跤無振動

阿母講：「共你叫你是無聽 e 是--無？」
我聽阿母閣咧喝緊共石頭子仔放--著
和阿狗 a 各人走轉去捎雞筅出來
蹛門口埕大聲喝覓鴞

阮兩个攏共雞筅蹛塗跤大出力扔
喙閣那喝：「ik-bô~，ik-hô~」
喝甲一个歡喜，煞喝甲毋知通煞
覓鴞當時飛走嘛毋知

覓鴞不時會來
逐擺若來，逐擺攏愛舞這齣
是講嘛毋是逐擺攏愛攑雞筅
無攑雞筅嘛 siāng 款
用喙喝，用手蹛仔大出力拍予霆嘛會使

為啥物愛按呢創
因為聽講覓鴞會咬雞仔囝
閣聽講覓鴞會咬囡仔
聽起來誠恐怖

其實咬雞仔囝也好，咬囡仔也好，我攏毋捌親
目看 e
大人按呢講，阮做囡仔就罔聽

我捌問阿母講：
「你捌看覓鴞咬雞仔囝無？」
阿母應我講：「毋捌！」
我閣問講：「你捌看覓鴞咬囡仔無？」
阿母嘛閣應我講：「毋捌！」
我講：「抑若按呢咱攑雞笳喝覓鴞欲創啥？」
阿母講：「問遐濟欲創啥，凡勢你無喝，覓鴞
真正會共雞仔囝咬走！」

我共阿狗 a 講這層代誌
阿狗 a 講 in 老爸共伊講伊真正捌看 e
毋過覓鴞欲咬雞仔囝嘛無遐簡單
因為雞仔囝若拄著覓鴞
攏會緊走去雞母身軀邊覕起來

224

雞母閣會用翼共雞仔闰 ánn 著
覓鴞若飛倚來，鷄母嘛會佮伊相拍

我咧想講雞母佮覓鴞相拍毋知 siáng 較贏？
大概是 siáng 較大隻 siáng 較贏！
就親像阮遮的囡仔陣耍「覓鴞咬雞仔囝」
逐擺若阿菊仔佮阮耍
伊不管做覓鴞抑是做雞母攏伊贏
因為伊加阮足大漢呢！

覓鴞咬囡仔我毋捌看 e
毋過偝囡仔喝覓鴞我捌做過
毋但捌做過，閣有紅包通好趁，雞腿通好食

彼就是阮外甥仔滿月
照古早例，愛揣一个大漢囡仔共嬰仔偝出去外
口喝覓鴞
代表歹人歹事攏喝喝走
囡仔平安 gâu 大漢！

~ ~

《註解》

1. 覓鴞 bā-hioh：老鷹
2. 雞筅 ke-tshíng：把竹棍一端剖成多片，可以在地上敲出響聲，用來趕雞的工具
3. 喝 huah　：大聲呼喊
4. 觀音媽綑 kuan-im-má-thōng　：舊時鄉下童玩，把小石子推疊列陣，互相用手指頭彈擊自己的石子將對方擊倒的遊戲！
5. 抐but　：敲打的方式之一
6. 咬 kā：叼走
7. ánn　：擁著

#李恆德台文集
2017.6.17

戀愛講習所

這馬的少年仔談戀愛佇佗位談，我無了解，佇阮彼个時代，談戀愛頭一擺約會一定是佇電影院

我佮阮某的頭一場就是佇台北武昌街「台北大戲院」開始的

阮看的影片經過 50 幾冬我嘛猶會記得叫「愛染桂 âi#jián#khā-#tsir#lah」，是日本片，女主角叫「岡田茉莉子」是一部真哀怨的愛情文藝片！

約會看電影毋是一場就會解決的 lioh，一場戀愛談落來，電影看一个十場八場是正常，所以共電影院講做是阮彼个年代的「戀愛講習所」絕對無過份！

阮有一个小學同窗做老師，去佮意著一个伊的同事，頭一擺約會就是焄伊去台北看電影，電影看了閣鬥陣去食飯了才轉來

第二工阮問伊講結果如何，這个同窗的真古意

講:「無問題，伊足歡喜！」

問伊講:「伊按怎歡喜？」，應講:「電影看了，我羔伊去食飯，一盤炒麵足大盤，伊攏食了了！」

阿娘喂～～，一个查某囡仔人遐 gâu 食，可見電影的效果誠好！

講著電影院，阮三芝嘛有一間叫「小基隆大戲院」阮攏共伊叫做戲台

佇阮彼个小所在，戲台是多功能的，除去做戲，搬電影以外，挂著國定紀念日，全鄉的機關學校愛集中開會慶祝，嘛是佇遮辦！

這个戲台一年差不多三分之一的時間做電影，三分之一的時間做歌仔戲抑是歌舞團，後手三分之一的時間是歇睏關蓁。

抑若國定紀念日的慶祝會，挂好搪著有歌舞團來公演，公所有時嘛會安排慶祝會煞，叫歌舞團表演一場仔招待

有一年，大概是我初中的時的國慶日，就是拄著「黑貓歌舞團」來公演，慶祝會煞，紲落去就是歌舞團表演

這个「黑貓歌舞團」真照起工，戲齣全部照節目表行，唱歌跳舞中間，有一齣叫「青春艷舞」是一个穿甲足清涼的舞者，踮台仔頂跳舞搖尻川花，人伊嘛無管場面照跳不誤

台跤大人逐家看甲喙仔開開，阮遮的學生囡仔逐家看著笑甲嘻嘻叫，老師是那看那喝：「不像話」！

我做人頭一擺看的電影，會記得是國校仔二年佇戲台看的勞軍電影，叫「文天祥」，男主角是啥人，袂記得矣，毋過女主角猶會記得是叫「陳雲裳」是上海時代的大明星！

了後國校仔時代佇戲台閣看過的有李麗華的「小鳳仙」，于素秋的「火燒紅蓮寺」，林黛的「金鳳」佮黃河的「碧血黃花」攏感覺足好看，嘛攏是香港來的華語片，烏白無彩色的！

其實彼陣上風行的猶是好萊塢的阿啄仔片,特別是西部的牛仔片,猶有日本的武士道,像「宮本武藏」,攏是少年人上癡迷的影片!

電影佇彼个年代進步誠緊,都無幾年,就對烏白的普遍變有彩色的,彼時上先進的彩色叫「伊士曼彩色」

銀幕嘛變愈來愈闊,初起的闊銀幕叫「新藝綜合體」,到我來台北讀高中的時佇台北雙連一間新起的電影院叫「遠東大戲院」,伊裝備的是彼時上先進的闊銀幕叫「70 厘米新藝拉瑪銀幕」

遠東開幕的頭一支影片,是彼年提著足濟金像獎的歌舞片叫「南太平洋」到今我嘛猶會記得!

佇電視、卡拉 ok,猶未出現的年代,電影算講是一般大眾上普遍的娛樂,青年男女,談戀愛的時,當然會約去看電影,因為彼是上有效的必修課!

畢竟佇彼个暗摸摸的電影院內底,兩个人 kheh

遐倚，對感情的培養，真正有足大的幫助

簡單講，仝阮的年代，有佗一个佮異性的頭一擺約會毋是佇電影院？抑若閣進一步，查某囡仔願意予你牽一下伊的手，彼就表示 一切攏妥當了！

~ ~

《註解》
1. 講習所 káng-sip-sóo：日式漢語：教室，課堂之意
2. 關蠓 kuainn-báng：關蚊子
3. 紲落去 suà-lóh-khì：接下去
4. 照起工 tsiàu-khí-kang：按步就班，不打折扣
5. 搖尻川花 iô-kha-tshng-hue：搖屁股
6. 阿啄仔 a-tok-á：西洋人，高鼻子
7. 暗崒崒 àm-so-so：黑漆漆
8. kheh：（甲夾）擠，靠得很近

#李恆德台文集
2018.04.01

平埔族仔走佗去

逐家攏知影，台灣的原住民分兩大部分，一部分是咧山地，到今猶號做「原住民」

另外一部分是自本佇平地，雖然嘛有分十幾族，包括宜蘭的「蛤仔難」（這馬叫噶瑪蘭），台北的「巴賽」，台南的「西拉雅」，台中的「道卡斯」等等，遮的人這馬攏總予人叫做「平埔族」！

有一份真可靠的資料顯示，荷蘭人統治台灣(1624~1662)的時代，in 有真認真咧調查 in 所統治的平埔族的人口，前後做過 6 次調查，其中 1650 年彼擺上清楚，是 68567 人，連個位數的數字都有。

了後經過鄭氏王朝(1662~1683)，大清帝國(1683~1895)前後接續 232 年的統治，攏無認真做人口調查。

一直到日本人來了後，才做詳細的人口調查佮登記，並且將平埔族的人登記做「熟番」，山地原住民登記做「生番」，彼時初次調查全島

熟番的數字大約 46000 人，煞比荷蘭人的時代閣較少！

為啥物？真簡單，有兩个重要的原因：第一是「通婚」，第二是「漢化」，這兩个原因使予平埔族的人不但無增加顛倒減少！

講著通婚，就是早前來台灣的移民差不多攏是佇原鄉經濟能力無好的人，in 就是佇唐山趁無食，三頓袂當飽，才會冒險來台灣討趁，所以 in 毋是無某無猴，就是有某嘛無彼號才調共某飛來台灣。

二來是朝廷的禁令，有一段時間(1683~1733)，也就是康熙提著台灣到雍正初期的時，代先是禁止移民，了後雖然有開放毋過無允准飛眷屬來台灣！

遮的人等候有能力的時就會就地娶平埔族仔的查某囡仔為妻，致使毋才有「有唐山公無唐山媽」的講法！

閣再講就是漢化，自鄭氏王朝開始就注重「番

人」的「教化」，就是教平埔族人讀漢人的冊，灌輸 in 漢人較有文化，較高尚的觀念。

到清國統治，規氣推動全面漢化，用賜姓的手段，強迫平埔族人用漢姓，變漢人，毋才會予大量的平埔族人對戶口中消失！

賜姓的平埔族，連帶彼个字姓的「堂號」嘛順紲愛接收去，可比講若姓李，in 兜的堂號就是「隴西」，若姓陳就是「穎川」，若姓郭就是「汾陽」，抑若姓潘就是「滎陽」。

閣再來就是綴漢人過 in 的年節，綴人培墓、炊粿、縛粽、挲圓仔；綴人拜 in 的神明，拜天公、拜媽祖、拜關公、信耶穌，綴人講 in 的語言，穿 in 的衫穿，久去了後，in 的囝孫仔就自然攏毋知 in 是平埔族的人了！

照按呢講，咱就了解，平埔族其實並無消失，只不過全面騫入咱的血液中間爾，簡單講，咱攏有可能是平埔族的兄弟姊妹！

～～～～～～～～～～～～～～～～～～～～

《註解》

1. 趁食 thàn-tsiȧh：賺錢，討生活
2. 無某無猴 bô-bóo-bô-kâu：光桿一個，沒老婆
3. 遮的人 tsia-e-lâng：這些人
4. 才調 tsâi-tiāu：本領
5. 規氣 kui-khì：乾脆
6. 綴 tuè：跟隨
7. 衫穿 sann-tshīng：衣著
8. 軁 nǹg：鑽入

#李恆德台文集
2017.1.28

236

巷仔口的麵擔仔

欲暗的時陣
來到這个巷仔口
看著這擔麵擔仔

斟酌共伊看
一擔細仔擔
排佇倚壁的所在

這个時陣
照講是生理當好當無閒的時
毋過看起來若像才普通普通

扞鼎的頭家娘猶少年
邊仔鬥切菜的看來是 in 老母

我來食暗
共伊點一个「榨菜肉絲麵」
應我講：失禮「榨菜肉絲」無矣
換點扁食麵
嘛應我講扁食賣了矣

姑不得已我只有干焦點一个「陽春麵」

邊仔滷菜排一堆予人家已挾
看起來攏好食款好食款
我去看看咧喙齒稂無才調
只有挾一粒滷蛋過癮咧

「陽春麵」來矣
無肉無扁食有較簡單淡薄仔
想講無夠氣我家已來改造

麵共撈起來
蒜油佮醋參落去僥僥咧
變做福州孝呆麵
味也好麵也 khiū
予我食甲足歡喜

干焦有一項予我足不服的就是
邊仔二个少年仔
切一大盤滷菜
一堆我上愛食的豬頭皮
佇遐咧共我哞

無法度
看有食無干焦癮
目睭金金人傷重
袂使怪別人，欲怪怪家己
啥人叫我喙齒穤無才調食

~~~~~~~~~~~~~~~~~~~~

《註解》

1. 酙酌 tsim-tsiok：仔細
2. 扞鼎 huānn-tiánn：掌廚
3. 薟油 hiam-iû：辣油
4. 僥 hiau：翻動，攪拌
5. 唌 siânn：引誘
6. 呆 hàu-tai：傻瓜
7. khiū：（食丘）彈牙的口感

#李恆德台文集
2018.6.20

1915 年的台北

1925 年、1935 年日本總督府佇台北舉辦兩擺的博覽會，向全世界展示 in 治理台灣 30 週年佮 40 週年的成果

尤其是 1935 年彼擺，正是日本國力當奢颺的時，比較進前 1925 年彼擺辦甲閣較奢華，宛然是一个世界先進國家的模樣！

1915 年彼擺無辦博覽會，因為彼時是日本起山 20 週年，台灣局勢初定，日俄戰爭結束無偌久，戰爭的傷痕、元氣猶未啥恢復，歐洲一次大戰閣今 a 開始，日本其實無啥物氣力通好辦啥物大型的活動

彼時台北市的市容論真是有真大的改變，毋過規模參接收進前相差無偌濟；簡單講彼時的台北市毋是參這馬按呢一大遍，是干焦有三塊分散無連做伙的街市。

一塊是上代先開發的「艋舺」就是這馬龍山寺四箍圍仔彼塊。

240

一塊是後來興起來的「大稻埕」也就是這馬迪化街、延平北路、貴德街附近仔彼塊，彼個時陣是台北的商業中心，茶行，對外出口的商行攏佇遮。

閣一塊是日本人來了後才發展起來的「城內」。

1895 年 6 月初 7，日本的佔領軍兵臨台北城外，城內做官早就逃之夭夭，百姓六神無主之下，派當今台獨大老辜寬敏 in 老爸辜顯榮去迎接，佔領軍大範大範騎馬進入台北城，彼个城門就是承恩門，這馬叫北門

日本人來台北了後，頭一件代誌就是接收大清帝國臺灣省佮台北府的官署衙門，上大間的彼間「布政使司衙門」提來做總督府，閣來就是進行台北城的拆除

1902 年台北城開始拆，頭一个拆的是西門的城樓，毋過西門城樓拆了遭受地方士紳足大的反彈，日本人不得不改變方式，拆牆無拆樓，所以西門以外的城樓才會當保留到今。

1904 年台北城拆了，原來牆圍的所在日本仔共開做大路，路中央有安全島，頂頭有種樹仔，咱共叫做三線路。

這四條三線路就是這馬的忠孝西路、中華路、愛國西路、中山南路彼四條，中間圍起來彼塊就是叫城內。

這个城內，除去大量官府學校公共建築以外，嘛有真濟生理店面，佇這馬館前路、衡陽路、重慶南路、博愛路遮，真濟日本人開的商行攏開佇遮，所以城內是鬧熱閣代表高尚的所在。

回頭閣來講艋舺，這个「艋舺」兩字的意思，自本是原住民佇淡水河行徙的小船，起初漢人共伊叫做「莽葛」，後來才改「艋舺」，這馬才叫「萬華」。

18 世紀漢人開始來台北的時，代先是去新莊，了後因為新莊河邊漸漸塗沙堆積，才漸漸徙來艋舺。

來的人大部分是泉州府三邑（南安、惠安、晉

江）的人，in 佇遮開行做貿易，佮唐山往來的生埋由 in 包辦，拄搪清國朝廷對台灣的移民解禁，生理一聲就好起來，地方即時綴咧興起來！

1738 年南安人佇遮起造龍山寺，了後安溪人起祖師廟，惠安人起青山宮，1809 年設佇新竹的淡水廳原來派佇新莊的縣丞改派駐在艋舺，這个所在變做真本真料台北的首善之區，毋才有「一府二鹿三艋舺」的名聲！

了後雖然因為艋舺河邊的塗沙嘛漸漸堆積，船隻靠袂倚，生理換做興去大稻埕，毋過淡水河彼爿新莊、枋橋、溪州、桃仔園的人來台北，嘛是代先來艋舺，南北鐵路艋舺猶有設站，所以 1913 年艋舺猶真鬧熱！

閣紲落閣再來講大稻埕，彼個所在原本是無開發的所在，1853 年艋舺「頂下郊拚」事件發生了後，拚輸的同安人走來遮開發，in 真好運，一來拄著艋舺河邊水道淺去，船隻換來停佇大稻埕，二來拄著台灣茶外銷大興，大稻埕即時變做台北上繁華的所在。

日本時代台北一寡酒家差不多攏設佇遮，上出名的江山樓、蓬萊閣、黑美人、白玉樓、東雲閣，攏佇遮的延平北路一帶，了後出名的風化區，嘛是佇邊仔的保安街，歸綏街，遮的風化區嘛予人叫做「江山樓」，佮艋舺華西街的「寶斗里」平仔有名。

台北市頭一間西餐廳，就是民生西路的「波麗路」，邊仔彼條延平北路，酒家以外，規條街差不多攏是百貨行，我結婚的時，阮某的嫁粧嘛攏佇遮蓄的！

1915 年的台北市就是這三塊上鬧熱，其他所在，猶有幾个仔較細的街市包括有：錫口(松山)，士林，梘尾(景美)，北投，內湖等等，彼的時陣猶攏無屬於台北市。

~ ~

《註解》
1. 這馬 tsit-má：現在
2. 干焦 kan-ta：僅有

3. 四箍圍仔 sì-khoo-uî-á：四周圍

4. 大範大範 thuā-pān-tuā-pān：大模大樣

5. 行徙 kiânn-suá：往來行走

6. 拄搪 tú-tīg：碰到

7. 一聲 tsit-siann：一下子

8. 靠袂倚 khò-bē-uá：無法靠近

9. 一寡 tsit-kuá：一些

10. 蓄的 hak-ê：購置的

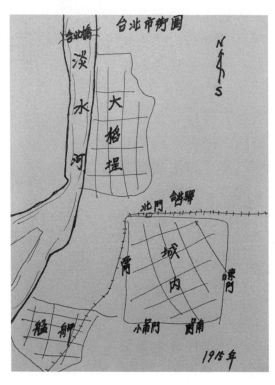

石牌仔

你若問我蹛佇佗？
我會講阮兜蹛石牌仔
石牌佇佗？
石牌佇士林佮北投中間
屬北投區，毋過較倚士林

石牌的人袂講伊是北投人
因為石牌的人出入攏是台北
佮北投敢若無啥物關係！

講著石牌仔，你會想著啥物？
榮總？振興？陽明醫學院？
無毋著，這三間攏足出名
石牌仔會興起來
攏是這三間所致蔭的

猶有一位可能逐个攏無了解的所在
就是民國五十年代，佇這馬石牌仔捷運站對面，
石牌仔國中彼跡
有一間真神祕的機關叫做「實踐學社」
彼是以早蔣介石倩日本人來開的地下軍事大

學

蔣介石一方面接受美援
一方面又閣對美國仔袂放心
所以私底下偷偷 a 拜託日本仔派人來做教官

這間予人叫做石牌仔地下大學的訓練機關
一直到 1968 年才予美國仔強迫解散

化名白鴻亮的總教官繼續以個人身份來三軍
大學授課
我 1975 年佇三軍大學聽過伊的課
感覺伊真正是「神」一般的人物

猶有一項真特殊報恁知
恁若來石牌仔可能攏無去注意著
石牌仔捷運站出口有一座「漢番界牌」

這座石刻界牌差不多是 1745 年左右，清國乾
隆君時代淡水廳一位姓曾的同知所設
石牌仔的名就是按呢來的

原來這个所在自本屬平埔族「琪哩岸社」所有，

漢人入來侵佔真濟土地,雙方不時冤家相拍,官廳才來這搭設界址!

石牌仔佇原來淡水線鐵路的時代,有設一个火車站,鐵路改捷運的時拆掉去,彼个站就是設佇自強街口,這馬變做停車場,邊仔起一間廟仔,已經看袂出原底車站的半屑仔痕跡!

這个站我做囡仔的時捌對遮出入,陪阮老爸去榮總看病!

台北市政府將鐵路改造捷運的時,沿路十幾間嬌噹噹的火車站,拆甲無半間,也無留一間起來做紀念!

莫怪人講台北是天龍國,因為歷屆的市長攏毋是台北人,對台北無啥物感情,才會做這種譀古的代誌!

~ ~

《註解》
1. 蹛 tuà:住

2. 敢若 kann-na：好像

3. 致蔭 tì-ìm：庇蔭

4. 彼跡 hit-jiah：那個地方

5. 倩 tshiànn：雇用，聘請

6. 同知 tông-ti：清雍正元年設淡水廳，廳的長官稱同知

7. 冤家相拍 uan-ke-sio-phah：爭吵打架

8. 諏古 hàm-kóo：荒唐可笑

鳥梨仔的滋味

「思念我君坐在窗，東爿月娘紅，春風吹著阮
一人，袂得照希望，囝若欲食鳥梨仔糖，一暝
哭天光，我君是你失拍算，怎樣去遐遠」

這條日本時代尾期的歌，叫「望郎早歸」，是
描寫翁婿去予日本仔掠去海外做兵，派去南洋
做軍伕，和美國仔相刣，厝內某囝枵飢失頓，
悽慘罪過的情景！

彼陣的社會拄著戰時，物質缺乏，項項攏配給，
普遍歹過日，厝內查埔人若閣無佇咧，就閣較
苦憐，三頓都袂當飽，囡仔哪有四秀仔通好食？

這條歌彼陣足時行，是阮阿母上愛唸的，我彼
時猶細漢，差不多五六歲仔爾，會記得逐早仔
攏會聽著阿母的這條歌聲。

阿母唸這條歌的形影，我到今猶記甲足清楚，
伊是踮咧戶橂邊，共一跤鏡箱仔园咧戶橂來梳
粧打扮。

可能阿母佇梳粧的時，心情上輕鬆，所以伊會那梳頭那唸歌，見擺若唸就是這條，內底就有講著這個「鳥梨仔」！

彼个時代，囡仔人逐家攏嘛無啥物錢通好買物仔食，一粒鳥梨仔會記得是愛一角銀，一角銀有偌大？一角銀對囡仔來講已經足好用的，因為一支枝仔冰清冰嘛是一角！

平常時仔，阮是無錢通買，就愛拄著鬧熱擺，廟口做大戲，才有通共序大人提一兩箍仔去戲棚跤買物仔食！

我會記得上愛買的，頭一項是「莓仔茶」，就親像這馬的「酸梅湯」彼款，賣的人用一個玻璃箱仔，內底泡一桶糖水摻梅仔，紅紅的色緻看來真好食款，一杯嘛是賣一角，是戲棚跤上有銷路的，閣來就是「李仔糖」。

這個李仔糖有的用「李仔」去淆的，有的用「鳥梨仔」去淆的，攏是內底酸閣澀，配外口彼匀糖膏甜閣脆，二項敆作伙有影誠合味，莫怪逐家攏愛食！

鳥梨仔是粗梨仔，罕得有人直接提起來食，所以愛先加工，除去用滒的，以外閣有一種是用豉的。

豉的鳥梨仔，就是用糖佮鹽去浸，來壓伊的酸佮澀，予伊變做「酸甘甜仔 酸甘甜」的好滋味，予逐家攏愛，尤其是查某人病囝，特別愛食，無伊袂使！

這馬時代無仝矣，豉的鳥梨仔已經無人欲食，市面上嘛毋捌閣看著矣，滒糖的「鳥梨仔糖」嘛無人捌矣，因為這馬的人攏共伊叫做 「糖葫蘆」！

這「糖葫蘆」毋是咱的名，是電視的穢著的，予咱原本的名煞予伊食去，害咱煞無人會閣捌啥物「鳥梨仔糖」？！

~ ~

《註解》
1. 掠 liàh：抓
2. 相刣 sio-thâi：打仗

3. 四秀仔 sì-siù-á：零嘴
4. 戶橂 hōo-tīng：門檻
5. 豉 sīnn：醃
6. 穢 uè：傳染

#李恆德台文集

火煙船

騎車去八里
佇關渡河邊，遠遠看著對面岸這隻大船
予我想起 60 幾年前
仝這个所在拋佇遮的一隻大隻火煙船！

船頂有人蹛，有時會徛佇甲板看光景
有時會用索仔縛水桶仔跍船邊上水
有時會看著船頭腹肚邊有一空，有水對遐流出
來，阮講彼是船咧放尿

我逐擺若按淡水坐火車欲去台北
經過關渡磅空口，就會去看著
囡仔人毋捌看過大船，看著足歡喜

了後嘛毋知經過偌久，彼隻船就無去，予我足
失望
閣經過幾年後，我才知影，彼隻船是綴國民政
府對大陸駛過來的

伊原本是行「長江」內河的渡船，來遮了後，
就拋佇這个所在。

254

聽講最後的命運是予人牽去拆掉！

台灣雖然倚海，但是台灣人佮海無啥親，自古罕得看著大船，尤其彼時我猶細漢，逐擺若綴大人坐火車對遮經過，看著這隻大船，就歡喜甲緊覆咧窗仔邊，看甲毋知通煞！

做囡仔上好，逐項都新鮮，逐項都好耍，逐項都予你暢甲掠袂牢！

聽講「康熙來了」彼个主持人蔡康永，in 兜佇大陸就是經營輪船公司，佇上海外海予人挵破沉落去彼隻太平輪就是 in 兜的，按呢彼時的關渡彼隻，無的確嘛是 in 的！

~ ~

《註釋》
1. 火煙船 hué-ian-tsûn：輪船
2. 拋 pha：停泊
3. 上水 tshiūnn-tsuí：打水，把水桶拉上來
4. 磅空 pōng-khang：隧道
5. 覆咧 phak-teh：趴在

6. 暢甲 thiòng-kah：樂得
7. 掠袂牢 liàh-bē-tiâu：抓不住
8. 挵破 lòng-phuà：撞破

#李恆德台文集
2017.4.22

看戲尾

阮是庄跤囡仔
出世佇古早無電的時代
無電閣無錢，欲耍就愛家己變，攏嘛變變一寡
彼號免料的把歲！

釘干樂、覕相揣、踢銅管仔、擉真珠仔、溪仔
撈蝦仔、樹仔頂掠蟬仔，干焦遮的齣頭就舞甲
歡喜甲

毋過若是有康樂隊來搬戲，舞彼號唸歌、跳舞、
變奇術、弄特技，抑是雙人答喙鼓練痟話，攏
是逐家足愛看的齣頭。

抑若有時陣，挂著彼號文宣隊來搬電影閣較歡
喜，因為彼較稀罕，較刺激！

彼陣阮是共電影叫「影戲」，搬電影叫「做影
戲」，嘛有人講叫「做電光戲」。

in 逐擺攏是佇國校仔的操埕，晾一塊白布，一
台機器 tshāi 咧面頭前，等逐家坐好勢，彼台

機器就開始吐劍光，白布頂頭就有影相出現，
會振動閣有聲音，觀眾攏歡喜甲拍噗仔，雖然
是烏白的，嘛是看甲暢甲欲死！

會記得電影開始的時愛先唱國歌，國歌頂頭大
部分攏是阿兵哥的鏡頭，最後出現的一定是
「蔣總統」！

嘛不時有看著「美國新聞處」的宣傳影片，看
美國仔用大台機器咧收割番麥，阿啄婆仔咧溜
冰、跳芭蕾，有影予人對美國誠欣羨的！

其實彼个時陣，佇阮「小基隆仔」，一年週天
嘛是有幾擺仔「鬧熱擺」，有做戲謝神，有戲
通看，做的是歌仔戲，阮嘛共叫「做大戲」！

頭一擺是 3 月 23 媽祖生
第二擺是 5 月初 7 媽祖繞境出巡阮叫五月戲
第三擺是 6 月 24 關聖帝君升天做神紀念日

其他時間一年長老老，無戲通好看
只有「戲台」三不五時有「歌仔戲團」來做戲
一擺來攏是 10 工

彼陣佇阮「小基隆大戲院」看戲一張票 2 箍銀，
半票 1 箍。
雖然只有一箍，囡仔人嘛是無錢通買票看戲

所以阮有足濟同窗的，放學就會緊來戲台等欲
「看戲尾」
這「戲尾」就是每工煞戲進前 10 分鐘，戲台
「顧口的」會共門拍開，予人入去看免料的。

顧口的阿娥仔，大箍閣凶惡，聽講若有人假瘠，
數想欲敲油入去看免料，不管你是啥物人物，
攏予伊戽戽出來，囡仔閣較免講！

有的囡仔會假仙綴大人入去，抑是姑情大人炁
伊入去，攏會去予阿娥仔搝出來！

毋過到戲搬甲上尾 10 分鐘，阿娥仔會變足好
禮，會叫遮的放學趕來佇門口等的「猴死囡仔」
緊入去！雖然只有短短 10 分鐘，逐家嘛攏看
甲歡喜甲！

其實我毋捌佮人去看啥物戲尾，因為一來我蹛
咧閣較庄跤，放學就緊欲轉去，二來我小面神，

259

感覺跍跙等看戲尾足見笑，我毋敢，閣來其實我是對歌仔戲無興趣，感覺彼足落伍閣 gâu 拖棚，電影才好看！

毋過我捌問同學講，你哪會跙愛去看戲尾，逐工去，去袂 siān，伊講：「你毋知，昨昏煞戲的時，薛丁山去予樊梨花掠去，今仔日無緊來去看有予伊掠去刣無，哪會使！」

~~~~~~~~~~~~~~~~~~~~~~~

《註解》
1. 釘干樂 tìng-kan-lok：打陀螺
2. 覕相揣 bih-sio-tshuē：捉迷藏
3. 擉 tia̍k：用手指頭彈
4. 變奇術 piān-kî-su̍t：變魔術
5. tshāi：（立在）豎立
6. 姑情 koo-tsiânn：央求
7. 小面神 sió-bīn-sîn：臉皮薄
8. siān：（广善）厭倦

#李恆德台文集
2018.1.17

人生七十古來稀

細漢的時，捌聽阮老爸講一个真實的故事：

彼時老爸佇三芝鄉公所食頭路，有一擺，隔壁庄的淡水鎮長杜家齊先生來拜訪，杜先生是三芝鄉北新莊仔人，是當地的望族，in 小弟杜聰明先生就是台灣第一个醫學博士，高雄醫學院的創辦人。

因為是好額囝出身，家庭富裕，又閣是淡水的鎮長，地方的頭人，杜家齊食穿攏真講究，會記得彼工伊是穿一身軀白色的 se-bi-loh(西裝)，頭戴一頂白色的紳士帽，一身軀 pha-li-pha-lih 非常的飄撇。

公事談了，鬥陣食晝飽，一陣老朋友踮鄉長室開講，講啊講，講甲當歡喜的時，杜先生忽然間開聲哭出來！

大家雄雄驚一下，問伊講是按怎，伊講，咱今仔日逐家好朋友鬥陣，食飯開講，快快樂樂，人生遮爾美滿，毋過古早人咧講：「人生七十

古來稀」，一个人欲活到七十歲無簡單，親像我今年已經六十九矣，恐驚咧閣活無偌久，想起來，有影足悲傷 e！

我今年算咱人的歲 75，閣兩工 a 過年就 76 囉，照杜家齊先生的講法毋著逐工愛煩惱悲傷過日子！

毋過我若莫照鏡，攏會袂記得家己是老人！我會食會睏，暗時仔倒落去 2 分鐘睏去，一醒到天光，半暝仔免起來放尿，日時仔免睏中晝，出門行路，坐車，教冊，peh 山攏家己一个，免人作伴，教材嘛攏家己寫！

上無愛聽足濟人佇網路流傳的彼種勸人老人的文章，講人食老愛看予開，會食就食，會迌就迌，會開就開，意思就是講，人食老攏愛為家己設想較要緊！

我感覺這馬逐家攏長歲壽，七十歲逐家攏嘛猶少年噹噹，若是干焦佇遐食飽閒閒予人看做是米蟲，彼毋是我期待的日子！

所以我教台語，對社區教甲補習班教甲學校，閣教甲電台，地點對石牌仔，到台北，到竹圍仔，閣紲去桃園，一禮拜七工我八个班，有時一工趕三場！

老愛認老，袂使閣衝衝碰碰，我了解，但是講，叫我放予伊啥物都無愛做，規工干焦會曉「吃，喝，玩，樂」，按呢人活著有啥物意義，彼種的人生我無愛！

我體會的人生，就是親像登陸的戰士，跤踏佇水底，面頭前的沙埔，看起來雖然平靜，毋過遠遠的所在，猶原有凶惡的敵人，覕佇炮台、塗溝仔底，用機關銃、大炮一直向你無情的彈來，這个時陣，退嘛已經無路，雖然會驚惶，嘛是愛勇敢向前衝去！

～～～～～～～～～～～～～～～～～～～～～

《註解》
1. 好額囝 hó-giàh-kiánn：有錢人的孩子
2. pha-li-pha-lih：很稱頭
3. 飄撇 phiau-phiat：瀟灑

4. 食晝 tsiah-tàu：吃午餐
5. peh 山：peh 寫（足百），爬山
6. 衝衝碰碰 tshóng-tshóng-pōng-pōng：莽莽撞撞
7. 覕 bih：躲
8. 塗溝仔 thôo-kau-á：戰壕

#李恆德台文集
2018.12.26

265

月桃花

嬌甲遐自然
嬌甲遐自在
嬌甲遐自信
嬌甲無人通和你來比並

佇溪邊水岸
佇山埔崁跤
佇你厝角頭的竹菢邊

恬恬仔嬌
微微仔芳
哾死一寡採花蜂
規工綿死綿爛
共你 mooh 牢牢唚袂煞

看著你就予我想著
你佮你的好朋友
彼个蓮蕉花　　菅芒花
攏親像是阮細漢時仔
上愛　　上愛的嬌姑娘仔！

月桃花啊月桃花
你敢知影　阮不時咧共你數念！

~ ~ ~ ~ ~ ~ ~ ~ ~ ~ ~ ~ ~ ~ ~ ~ ~ ~ ~ ~

《註解》

1. 媠 suí：美
2. 比並 pí-phīng：比較，比美
3. 恬恬 tiām-tiām：靜靜
4. mooh 牢牢：抱著不放，mooh 寫（扌冒）
5. 唚 tsim：親吻
6. 數念 siàu-liām：想念

267

用台語教數學

下晡這節國中社團的台語課
下課進前 10 分鐘 我問 in 猶有啥物問題
有一个巧閣認真的學生仔問我 :
「老師你的數學好無？」
我講：普普仔啦， 按怎？
伊講：我的國文袂穩，毋過數學無好！
我講：我來看恁這馬數學咧學啥物

伊提出一本參考冊，清彩比一題 :
「兄弟兩个總共 37 歲，大兄比小弟加 5 歲 請
問兩兄弟分別是幾歲？」

我講 我來算看覓咧：
~~「假使大兄的歲數是 X　小弟就是 X-5
按呢 x+(x-5)=37　算起來：大兄是 21 歲　小
弟是 16 歲」

毋是我 gâu，是這个初中二年仔的「小代數」，
有影傷簡單，彼時咧學無困難，六十年後嘛猶
會記得，好佳哉我猶會曉，無予彼个學生失望！

其實台語佮所有的語言全款，是一個真好的表達的工具，會曉台語，理論上，嘛愛會曉用台語教任何一个科目的教學！

精差的是台語毋是官方的語言，全世界到今無任何一個國家是用台語做官話，所以真濟現代化的語言，包括新的科技，新的事物，新的思想，攏無一个國家統一的標準講法，

原本咱的母語事實是無夠用，日本時代，日本人吸收西方的新思想，用「外來語」處理，台語進一步提來做咱的外來語，毋過日本人走了後，這部分煞變「無人管，無人留」，需要咱台語界自力更生，共同拍拚來共克服！

閣一層就是咱台語界的朋友，愛覺悟講，做一个母語的工作者，毋是干焦教咱的語言就好，咱的文化，包括咱的歷史、地理，風土人情攏愛有淡薄仔素養，進一步國中以下的課程，嘛上好加加減減愛會曉寡較好。

佇這間國中，我捌用台語共 in 教過生物、生理衛生、歷史、地理、古文、詩詞、台語歌等

等，in 有人共我講:「老師你有影萬能 e 呢」！

話閣倒轉來講，人絕對無可能是萬能的，按怎充實家己，予學生對你有信心，確實是做老師的一个重要的課題！

~ ~ ~ ~ ~ ~ ~ ~ ~ ~ ~ ~ ~ ~ ~ ~ ~ ~ ~ ~

《註解》

1. 袂穤bē-bái：不錯
2. 普普仔 phóo-phóo-á：還好啦
3. 精差 tsing-tsha ：不同的地方
4. 無人管無人留 bô-lâng-kuán bô-lâng-liû：沒人理會，讓他自生自滅
5. 干焦 kan-ta ：只是

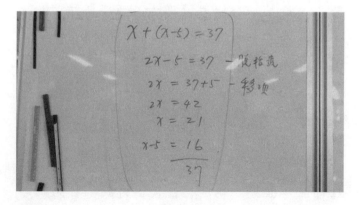

春風少年行

踏著這台千里馬
我是青春少年家
毋驚風吹日頭曝
毋驚雨淋霜雪凍
爽就好，其他算啥物！

伊𨑻我環島
阮日佮暝黏做伙 18 工
毋免趕時間
無咧拍卡翕相展風神
阮是愛去佗就去佗
行彼種浪漫戀愛風
共伊當做密月旅行一般

去甲台中阮去海邊看海鳥
去甲彰化阮去王功食生蚵
去甲雲林阮坐竹排仔出海看沙州
去甲南投阮入去深山佮人泡高山雲霧茶

阮嘛坐船去澎湖食海膽
坐渡船去旗津、去小琉球、去火燒島食海產、

藏水沫
閣去蘭嶼食飛烏

五月天油桐花當開
阮去台中「東勢林場」油桐花林樹仔跤民宿蹛
暝
鼻彼號油桐花的清芳
寒天天氣當寒
阮去梨山「福壽山農場」蹛暝
挽彼號帶蜜的蘋果

雖然伊 gâu 走，毋過阮出門無愛趕行程
便若對東埔「姦撟媽」in 門口過
我攏會停跤，入去和「姦撟媽」開講一下
伊攏會呵咾講我這个少年 e 上有站節
毋捌踮 in 門口犁田予伊看

講按呢恁了解啦 honnh ？
因為阮是老大，英國「串淀」德國「美英 a in
老母」義大利「布咬袋」，日本仔的「本田仔」
「川崎仔」「鈴木仔」，攏是阮的老細 e
所以阮出門愛較大段咧，毋通趄 tshuh-tshuh，
無大才，予人看無著！

272

簡單講，騎重機出門當然嘛是愛奅
這免講逐个嘛知
是講，生命嘛真要緊著無！

~~~~~~~~~~~~~~~~~~~~~

《註解》

1. 焄焄tshuā-tshuā：帶領
2. 拍卡翕相 phah-khah-hip-siōng：打卡照相
3. 藏水沬 tshàng-tsuí-bī：潛泳
4. 飛烏 pue-oo：飛魚
5. 姦撟 kàn-kiāu：用台語粗話罵人
6. 站節 tsām-tsat：分寸，節制
7. 犁田 lê-tshân：機車過彎失控倒地滑行之謂
8. 串涥 tshuàn-phuh：英文 Trumph 機車
9. 美英 a in 老母：德國 BMW 機車
10. 布咬袋 pòo-kā-tē：義大利布卡迪機車
11. 大段 tāi-tuān：端莊
12. 奅 phānn：神氣

#李恆德台文集

2019.6.10

來講一个三芝的故事分恁聽

坐車來到三芝
你目睭愛斟酌看
因為你若無小心
雄雄就會坐過頭毋知通落車
連我這個三芝人嘛是會發生

是按怎會按呢呢？
因為三芝實在足無特色
一條闊閬閬的車路
兩爿規排普通普通的店面
佮通台灣　一四界的所在攏仝款
予你到位你都毋知

尤其上奇怪的是三芝明明就倚海
為啥物　來到三芝煞無看著海

通台灣倚海的鄉鎮
伊的街市攏嘛倚佇海垺
倚佇海垺才好迌迌，才會當趁著觀光錢

獨獨三芝佮人無親像

敢講三芝的人誠實遐爾仔牛頭劇袂曉想
抑無是啥物原因？

原來三芝上早發展的所在嘛是佇海墘仔
彼陣三芝上鬧熱的所在叫做「圓窗」
因為 in 庄頭有一間大瓦厝
彼間大瓦厝兩爿開二扇窗仔是圓的

圓窗這塊厝是佇新庄仔溪倚海的所在
一片平坦坦的溪埔

佇彼个所在蹛著一簇好額人攏姓江
是唐山汀州府永定縣來的永定客
in 佇日本人未來進前就來遮開墾足久矣

彼个所在原本有原住民
是巴賽族小雞籠社的地頭

這陣姓江仔的人來遮認真拍拚
開田種作出海掠魚毋驚風雨無畏寒熱
天公伯仔有保庇連鞭 in 就好額起來

人若好額就會想空想縫想娛樂

拍拳弄獅宋江陣變透透
無夠氣傷閒閣想著愛跋筊

日本人來了後看遮人濟鬧熱
想欲共官廳設佇遮
啥知 in 遮的姓江仔的好額人講無愛
因為官廳設佇遮跋筊無方便

就按呢 官廳無去
三芝就發展來這馬這个所在叫埔頭
是姓曾的鄉親有眼光献地牽入來的
為著按呢姓曾的這族真緊就變成三芝第一富
戶

這个埔頭就是這馬的三芝街仔
離海差不多猶三四公里
無注意看根本就無看著海

所以你若來三芝怨嘆三芝無特色
你就愛怨嘆圓窗遐个好額人的頂輩
哪會遐爾 a 無眼光

上趣味的是圓窗姓江的就是台灣上出名的音

樂家江文也的家族
姓曾的就是李登輝 in 某的祖先

故事就是按呢發生
無講恁嘛攏毋知！

~ ~

《註解》

1. 斟酌 tsim-tsiok：小心
2. 海墘 hái-kînn：海邊
3. 迌迌 thit-thô：玩樂，旅遊
4. 牛頭剸 gû-thâu-thuánn：牛脾氣
5. 連鞭 liâm-mi：馬上
6. 好額人 hó-giàh-lâng：有錢人
7. 跋筊 puàh-kiáu：賭博

#李恆德台文集
2019.2.23

278

彼暗刑事來阮兜掠人

彼工老爸下班轉來，今 a 咧洗身軀，雄雄聽著外口有人咧喝講：「賢仔，賢仔，較緊，緊來走，淡水分局的刑事來矣」！

喝聲這个人是老爸佇公所食頭路的同事，叫謝耀南，伊是老爸公學校的同窗，兼死忠的好朋友！

老爸仔聽著謝耀南的喝聲，就緊共身軀清彩拭拭咧，內褲穿咧，袂赴咧穿衫就緊傱出來，問講：「是按怎」，謝耀南講：「你衫緊穿穿咧，咱緊來去橫山簡金土 in 兜小覕咧」

老爸那咧穿衫，就那聽謝耀南講：「就是新鄉長敲電話去分局講咱暴動，分局派刑事來欲掠人去問」，閣講：「李讚生酒猶未退，已經予 in 掠去矣」

原來就是彼工新鄉長就任，中晝逐家食飯慶祝，酒宴中間為著敬酒，遮的佮舊鄉長較好的人，予新鄉長感覺較無禮貌，其中李讚生較少年，

較衝碰,聽講有佮新鄉長發生摸摸搦搦的情形,予新鄉長感覺袂爽,就一通電話敲去淡水分局,報講遮咧暴動!

老爸雄雄綴謝耀南出去,也無交代啥物,所以阿母嘛毋知到底是按怎,山頂人自本早睏,所以無偌久阮就照常去睏!

嘛毋知經過偌久,阮攏睏甲當入眠的時,雄雄聽著人咧捘門,捘甲足大聲,閣聽著生份人的聲大聲喝講:「開門,開門!」,庄跤所在暗時仔恬靜,地靈輕,聲音聽來特別大聲,予人感覺真恐怖!

阿母精神應講:「啥人?」對方講:「阮是淡水分局的刑事,欲來請李上賢去問話」,阿母講:「是啥代誌?」對方講:「免問遐濟,你緊開就著!」

姑不得已,阿母共門拍開,一陣人雄雄傱入來,手攑手電仔,炁頭的是管區的警察,穿制服閣有熟似,賰的四五个攏是便衣,看起來攏生鉎面生鉎面!

這陣人敢若鬼拍著 siāng 款，一下入門無講啥物，就踮阮兜乒乒乓乓遮揣遐揣，逐間揣透透，喙閣那喝：「李上賢咧，李上賢覕佇佗位！」

來到阮房間揣上功夫，壙床仔頂，曠床仔跤揣透透，天篷頂仔嘛 peh 去揣，棉被櫥拍開來看，連房間捘角囥尿桶的捘間仔都無放過！

閣紲落去，灶跤的柴堆嘛僥僥咧，便所、豬牢、雞牢仔、柴間、粗糠間仔，和厝後溝較早挖來覕空襲的防空壕攏揣過了後，才甘願轉去！

這个代誌老爸仔予 in 掠無著，閣來嘛無閣來問，就敢若代誌無發生 siāng 款，佇彼个白色恐怖的年代，代誌會當就按呢煞去，算講嘛是萬幸！

毋過毋是船去水無痕，因為參舊鄉長較好的 in 這陣人，予新鄉長認為是無仝派的人，數个仔予新鄉長刣頭，趕出公所，新鄉長果然好手段，啥物暴動，根本就是藉口！

彼工是民國 41 年熱天，我讀國民學校仔二年的，自彼工開始三芝鄉進入新鄉長、舊鄉長兩派誓不兩立的時代！

~ ~

《註解》

1. 刑事 hîng-sū：刑警

2. 今 a　tann a：剛剛

3. 清彩 tshìn-tshái：隨便

4. 覕 bih：躲

5. 掠 liàh：抓

6. 從 tsông：奔跑

7. 精神 tsing-sîn：醒過來

8. 遮揣遐揣 tsia-tshuē-hia-tshuē：這兒找那兒找

9. 天蓬 thian-pông：天花板

10. 揜間仔 iap-king-á：角落邊間

11. 壙床仔 khòng-tshn̂g-á：通舖

12. 刣頭 thâi-thâu：開除

#李恆德台文集

2018.11.16

美人計拚輸聰明計

彼工是三月十五的隔轉工，前一工是阮三芝街仔附近庄頭，九年一擺刣豬公拜「大道公」的日子，彼年是民國 44 年，我國校仔五年的。

大道公就是「保生大帝」，是泉州同安的守護神，同安人來台灣真早，因為鄭成功的軍師陳永華就是同安人，所以同安鄉親綴陳永華來台灣的足濟。

起初同安人是踮台南，了後漸漸淡來北部，對彰化迵對新竹，18 世紀末期有人來到台北大浪泵，了後佇大龍泵起一間「保安宮」奉祀「保生大帝」。

仝彼的時陣嘛有人來到北投，有人來到滬尾(淡水)，有人來到小基隆(三芝)，阮老母姓曾這爿就是彼時來的。

淡水的大道公真趣味，本身無起廟，一開始是共「清水祖師廟」借踮，了後才佇淡水三芝兩鄉鎮各地頭出巡，去到佗踮到佗，啥人做爐主

就請去 in 兜蹛。

彼年扞輪著三芝，家家戶戶刣豬公請人客，阮兜嘛佮人刣一隻 300 外斤的大豬公，辦幾若桌請人。

現日彼工有足濟外位仔的親情朋友會來，彼暗拜煞通庄仔頭攏咧大請客，第二工嘛照常有人來食菜尾！

到欲晝的時，當當阮有一桌人客咧食甲鬧熱滾滾的時，雄雄來一个大貴客，就是隔壁八連溪的好額人，人攏稱呼伊賜鳳仙的江賜鳳先生！

阮兜佮江賜鳳平常時仔其實無啥物來去，干焦有相捌爾爾，伊按呢雄雄出現，煞予阮驚一趒！

阿媽平常雖然是閒人，毋過若有人客來攏伊咧出面款待，因為阿母個性較閉思，人客來伊差不多攏勾咧尻川後，予 in 母仔去做家婆！

阿媽共江賜鳳講：「賜鳳仙今仔日哪會遐罕行，敢講阮兜欲好額際矣！」，賜鳳仙喙仔笑笑笑，

共阿媽講:「老大姊 a,你豈會毋知我是專工來的！」阿媽講:「是啥物貴事,予你遨撥工？」

賜鳳仙講:「就是一件足要緊的代誌欲來拜託你？」阿媽講:「莫按呢講拜託,有啥物代誌做你吩咐！」

賜鳳仙聽阿媽按呢講,就放心 a 共伊的話講出來！

原來彼時拄三芝鄉代表會改選,地方張、洪兩派看起來勢力拄好無輸贏,江賜鳳想欲代表張派選代表會主席,看來無啥物把握,拄好彼年台灣地方自治頭一擺佇鄉鎮代表會,設一個「女性保障名額」,江賜鳳想講欲請阿母出來選,伊按算阿母若選穩牢,這票閣是全派,伊的主席就妥當矣！

因為三芝是庄跤小所在,查某人莫講插政治,連揣一個有讀冊,會當出來選一个代表的人就足歹揣！

阿母算講是日本時代「小基隆公學校」查某囡

仔讀冊頭一个，佮伊同窗查某的嘛才兩个，阿母閣是第一名出業，逐家都捌伊！

江賜鳳講伊佮張派眾人參詳，想足久才想著這步，逐家感覺這步誠婿，若阿母肯答應，絕對無人聽好佮伊輸贏，保障名額這席就可比桌頂挔柑遐簡單，所以伊自稱這步叫「美人計」！

這招美人計當然有經過阮老爸的同意，毋過老母閉思，欲叫伊出頭露角，做啥物代表事實是比登天還難！

是講既然是眾人的意思，老爸嘛佮人與焠焠閣熱怫怫，袂堪得眾人鼓舞，老母姑不得已只好頕頭答應！

好笑的是，老母憑保障名額，無競選對手，輕鬆當選三芝上頭一位的女性鄉民代表，毋過主席選舉，江賜鳳人算不如天算，伊的陣營，有人予對手盧鏅銘挖去，代表主席的位結果嘛是提無著，伊原來的妙計煞變做一場的笑話！

因為鏅銘兩字的台語佮「聰明」仝音，所以人

就笑江賜鳳講：「你的美人計較輸盧仔鑠銘的聰明計！」

阿母予人勉強請出來做一任的代表，聽講任內三年，毋捌講一句話，做一个無言的代表，三年煞就無閣做矣，這嘛算是台灣地方自治史一件足趣味的記錄！

~ ~ ~ ~ ~ ~ ~ ~ ~ ~ ~ ~ ~ ~ ~ ~ ~ ~ ~ ~

《註解》
1. 隔轉工 keh-tńg-kang：第二天
2. 湠 thuànn：繁衍，擴散
3. 欲晝 beh-tàu：快到中午
4. 來去 lâi-khì：來往
5. 閉思 pì-sù：內向
6. 勼 kiu：縮
7. 家婆 ke-pô：管閒事的人
8. 撥工 puah-kang：撥空
9. 穩牢 ún-tiâu：穩當選
10. 逐工 tȧk-kang：每天
11. 聽好 thìng-hó：得以
12. 桌頂拈柑 toh-tíng-ni-kam：唾手可得

作者母親，「曾含笑」女士

三芝街仔的福州伯 a

藝人許效舜佇電視頂頭搬「福州伯 a」伴痟伴顛講福州話，奇奇怪怪的聲調予逐家看著笑甲欲死

其實正港的福州話是「閩北話」參馬祖話仝款，佮咱對泉州漳州傳來的話無仝，你若拄著兩个福州人鬥陣，講 in 故鄉正港的福州話你絕對聽無！

咱這馬所誤會的福州話是福州人用福州腔講咱的話，雖然腔口怪怪毋過嘛是予你聽有，所以予你叫是講彼就是福州話

可比講福州人講「我」講「nng-a」講「福州人」講「hū-tsiú-nân」腔口無仝會製造真濟笑詼！

流傳上濟的兩句是
「胡椒摻真濟，喙燒了了」會予人聽做「福州田真濟，唇燒了了」
閣一句是「唐山的月敢若柴梳，台灣的月敢若斗底」是咧講福州人當初坐船來台灣，出發的

時看天頂的月是「半月形的」，到台灣已經是「滿月形」了。

當初時來台灣的移民上大部分是福建的泉州佮漳州，根據日本總督府佇 1926 年的一份統計資料，彼當時全台灣的移民總共 368 萬，當中對泉州來的就有 168 萬，對漳州來的就有 130 萬，其他各地攏是少數，像福州來的不過 2 萬 7 千外人爾。

細漢的時阮三芝嘛有三个福州人，人講福州人有三支刀，鉸刀，剃頭刀佮菜刀，意思就是講福州人來台灣的逐家攏有功夫在身，毋是裁縫就是剃頭師傅，抑無就是總舖師。

無毋著，阮三芝彼三个 hū-tsiú-nân 一个叫趙彥州，是做衫的裁縫師，兼賣百貨，真趁錢，佇三芝街仔起一間樓仔厝，樓跤做店面，樓頂隔間租人，阮讀初中的時，真濟外省獨身仔的老師攏共 in 租厝，所以 in 樓頂阮不時去！

第二个叫山第，是開麵店，以早阮講的麵店就是餐廳，伊的麵店開佇媽祖宮口，地點好，生

理嘛好，特色就是有賣福州包仔，彼種福州包仔就是佮這馬出名的淡水包仔 siāng 款，內底有一撮肥肉，食著有油袂溜溜，真好食！

第三个叫英才，阮攏叫伊「英才仔伯」，伊的行業較特殊是「縛棕蓑的」，古早人無親像這馬這種雨衣，做穡人攏愛穿棕蓑，這棕蓑是用棕的箬仔做的，一領棕蓑欲穿予袂過雨無簡單，功夫無三年四個月照起工仔學是無才調做的，通台灣會曉做棕蓑的聽講攏是福州人，功夫無傳予別人！

因為棕蓑無人咧賣便的，攏是現做的，做棕蓑的師傅是通台灣走透透，一庄一庄去看有人欲做無？欲做，師傅就來恁兜蹛，蹛恁兜做，你愛予伊蹛閣予伊食，一領棕蓑做起來愛四五工，伊就做好才去別位！

總講一句福州人佇台灣，雖然人數真少，但是逐家有功夫有特色，嘛是受人尊敬，無人敢看 in 無著！

國民政府來台灣了後，福州人的勢力有真大的

改變，彼時台灣省公路局會使講攏是福州人的天下，因為頭一任局長姓林是福州人，伊焦一大堆的同鄉來接收公路局，各級主管福州人滿滿是，會使講佇早期佇公路局若毋是福州人，想欲升官就 noo-sut！

好佳哉我入公路局已經是末期矣，福州人的勢力已經消風去矣！

～～～～～～～～～～～～～～～～～～～～～

《註解》
1. 佯痟佯癲 tènn-siáu-tènn-tian：裝瘋賣傻
2. 叫是 kiò-sī：以為是
3. 笑詼 tshiò-khue：笑料
4. 鉸刀 ka-to：剪刀
5. 趁錢 thàn-tsînn：賺錢
6. siāng：（相同）全也
7. 粽蓑 tsang-sui：蓑衣
8. 賣便的 bē-piān--ê：賣現成的
9. 蹛 tuà：住
10. noo-sut：沒搞頭（是一句俏皮話，用英語的 no，加台語的 sut 組成，sut 是吃的意思）

292

鹿港的南安鄉親

彼工中晝去「台灣母語協會」食尾牙，地點安排佇長安西路「海霸王甲天下」餐廳，彼个所在交通無蓋利便，去的時我是坐捷運到「中山站」盤「新店線」到「北門」落車閣行不止有一節仔的路才到位！

食煞已經欲倚下晡三點矣，因為暗頓拄好後生欲焄孫冗早轉來過年，我想欲較早轉來鬥攢，既然交通遮爾不便，我就規氣绁手撨一台計程仔落轉來！

坐佇車頂，我看司機和我年歲差不多，閣笑頭笑面真好禮的款，予我自然想欲佮伊罔開講！

我先開喙問伊，這間餐廳為啥物開佇這爾揲屧的所在，交通遮不便，生理欲按怎做？

伊共我解說講，大哥，你有所不知，這附近拄好是迪化街布市仔，以早是台北上鬧熱的所在，較早酒家，舞廳攏佇附近。聽伊按呢講我才注意著餐廳隔壁果然有一間「新加坡舞廳」原來

就是如此！

閣來我看車頂的司機名牌，發見伊姓施，我就佮伊開玩笑，問伊講：「你是鹿港人？」，伊應講：「你哪會知？」我講：「看你姓施我罔臆」，伊聽了起愛笑講：「著矣，人講鹿港施一半」！

我綴落去問伊：「你敢是施琅的宗親？」，伊講毋是，我閣問講：「施琅是晉江人，你敢也晉江人？」伊講「我南安」！

伊講伊雖然平仔鹿港姓施的，毋過伊是南安人，是 in 阿公時代才對唐山過台灣來的。

問起來這位司機大哥減我 10 歲，伊的阿公若猶佇 e 照算差不多 115 歲左右，拄好日本起山彼站仔出世，來台灣是光復前！

伊閣共我講 in 兜佇南安猶有真濟宗親，兩爿有相認，有時嘛會來來去去相揣！

講到遮，伊煞問我講：「遮的代誌你哪會捌遐濟？」，我講：「無法度，我咧教台語，台灣的

歷史當然愛加減捌寡！」

我紲落去閣講：「你是鹿港人講話哪會攏無鹿港腔？」，伊講伊細漢就來台北，踮松山大漢的，鹿港腔攏無學著！

這予我想著咱台語界天王級的大跤慶豐先-e嘛講伊是鹿港人，嘛無半屑鹿港腔，逐擺攏予我笑伊「背祖」，伊嘛是講：「無法度，我台北大漢的」！

~ ~

《註解》
1. 冗早 liōng-tsá：提早
2. 鬥攢 tàu-tshuân：幫忙準備
3. 規氣 kui-khì：乾脆
4. 紲手 suà-tshiú：順手
5. 擛 iàt：招手
6. 落 làu：發動，運用
7. 揜攝 iap-thiap：偏僻，閉塞
8. 臆 ioh：猜
9. 起山 khí-suann：登陸，佔領

10. 大漢 tuā-hàn：長大

#李恆德台文集
2019.1.31

山豬窟仔的彼个鳥屎南 a

伊當時予人叫做鳥屎南 a，阮嘛袂記--之矣
毋過自我捌伊的時伊就是予人按呢叫

抑嘛毋捌看伊做過啥物成樣的頭路
有時伊去收鴨毛，有時伊咧煎紅豆仔餅，有時
伊咧賣燒酒螺
橫直伊變東變西，變龜變鱉，頭路認無一路直，
無一項做會久長

因為伊的正途其實是跋筊
一年週天，伊較想的就是跋筊，無跋較慘死

厝內予伊跋甲有錢變無錢
跋甲強強欲吊鼎，三頓直直欲無飯通食囉

in 某實在氣甲袂曉講，三工兩工就佮伊冤家落
債，相拍輾捔
毋過較冤嘛無效，跋筊若食烏薰，無食會死

厝內若有錢 in 某是藏甲無路
毋管按怎藏伊都有才調搕去跋

297

有一擺 in 某「阿藞仔」真正感著矣

共 in 兜的神主牌仔提去溪仔邊，先怙柴刀破

破咧，才規个擲擲咧溪仔底

伊講：祖先仔無保庇，出這號歹囝孫，毋免拜

自按呢 in 兜規家伙仔改去食教

鳥屎南 a 嘛自按呢毋捌閣跂囉！

~ ~

《註解》

1. 認一路直 jīn-tsit-lōo-tit：本本份份的堅持下
   去

2. 吊鼎 tiàu-tiánn：把鍋子吊起來，表示窮到沒
   米下鍋

3. 食烏薰 tsia̍h-oo-hun：吸食鴉片

4. 食教 tsia̍h-kàu：信天主教或基督教

5. 搤 iah：掏、挖

6. 慼 tsheh：生氣，傷心

7. 怙 kōo：用

#李恆德台文集

2017.2.28

頂厝的阿埠姆 a

司公仔來到阿埠姆 a　in 兜，阿埠伯 a 已經攢好勢咧等伊，一隻食飯桌仔徙來門口，桌頂一副牲禮一堆金紙、銀紙、香、臘燭，邊仔看鬧熱的大人囡仔圍一堆。

司公慶 a 共家私提出來排桌頂，一支鈃仔、一支龍角、一本經冊、閣一支毛筆一塊墨盤、一塊墨、一只欲寫咒文的紙，叫主家共墨盤园水墨磨好勢。

二个手，司公慶 a 共司公服穿好勢，帽仔戴好，準備欲開始囉，邊仔看鬧熱的囡仔逐个看甲喙仔開開，毋敢講話！

司公慶 a 正手共鈃仔攑起來，開始玲玲哴哴搖起來，喙那唸，倒手那挾一張銀紙踮臘燭仔頂點予著，然後共彼張點著的銀紙提懸對著空中比一个寫字的姿勢，法事正式開始囉！

這个時陣眾人聽著司公慶 a 喙愈唸愈大聲，伊呼請的話愈來聽愈明，逐家斟酌聽，愈聽愈心

適。

其中有一段是按呢:「白虎是白虎,四跤扛一個腹肚,毋成螢蜍毋成蛤古,毋驚風毋驚雨啊,ê～,我龍甲一下挵,你就變火烌,我龍角一下霆,你就蹦蹦走走 e 四五坵田!」

聽著司公仔按呢唸,逐家強欲起愛笑,毋過看司公仔面色誠正經,閣淡薄仔歹看面歹看面,逐家煞無人敢笑。

這擺叫司公仔來是為著阿埠姆 a 中風在床,看醫生、注射、食藥仔、叫拳頭師來推、下神托佛,一百輾迵舞透透舞袂好,姑不得已才閣來舞這齣!

阿埠姆 a 蹛阮頂厝,是阿母上好的朋友,嘛是阿母的挽茶伴,阿母是孤囝,無兄弟姊妹,厝邊隔壁就是阿埠姆 a 佮伊上好!

阿母真蹺跤,從我捌,毋捌看伊過家,阿埠姆 a 有時會來阮兜揣阿母講話,有時會來央阿母幫伊用車仔補衫,有時會來幫阿母挽面!

阿埤姆 a 人熱心好鬥陣，阿母喙恬，無人揣伊講話，伊袂揣人講話，in 兩个若鬥陣，攏是阿埤姆 a 講話予阿母聽，真罕得有阿母的話！

我初中畢業來台北讀高中，阮兜嘛順紲搬來台北三重埔，搬厝彼工，阿埤姆 a 來相送，目屎流津，毋甘 nih-nih，害阿母嘛綴伊目屎流袂煞！

搬來三重埔無偌久，拄著四月廿五三重埔鬧熱，阿埤姆 a 專工對三芝坐車來相揣，閣留落來蹛一暝參阿母講話，阿母足歡喜。

會記得第二工，阿母叫我𤆬in 兩个去大橋頭「大橋戲院」看歌仔戲，我彼陣足無愛看歌仔戲就共阿母推講我無閒，阿埤姆 a 嘛再三推辭，講欲佮阿母講話就好，這个代誌，我到今想起來，猶感覺足艱苦，會想講我彼陣哪會遐自私遐毋捌代誌！

翻轉年阿母破病手術，厝閣搬轉三芝，阿埤姆 a 會不時來陪，阿母過身，阿埤姆 a 哭甲比啥人都較傷心！

閣無幾年，阿埤姆 a 中風，雙跤袂行，庄跤所在，看病無方便，閣較免講啥物復健，有步想甲無步，人好好，獨獨袂行袂徙，會想講家己都也無做啥物歹心毒行，哪會會來受這號苦！

阿埤姆 a 這个代誌閣拖十幾冬才過身，彼陣我已經離開三芝，毋過逐年轉去共阿母的墓仔培墓對 in 厝角頭過，我攏會幹入去看伊，伊若看著我攏會共我的手牽著，目屎屎袂離，看著伊想著阿母，我嘛只有佮伊流目屎！

阿埤姆 a 過身四十幾年 a，便若看著電視咧報茶山，茶園，挽茶仔查某的畫面，我就會想著阿母佮阿埤姆 a，兩个比親姊妹仔閣較親的朋友，是講，兩个攏好人，攏煞攏無好報，天公伯仔，按呢敢有公道！

～ ～

《註解》
1. 司公 sai-kong：道士
2. 鈃仔 giang-á：搖鈴
3. 龍角 lîng-kak：法螺

4. 提懸 theh-kuân：拿高
5. 踮跤 tiàm-kha：宅在家不想出門
6. 喙恬 tshuì-tiām：嘴巴很安靜不愛講話
7. 焺焺tshuā-tshuā：帶
8. 火烌 hué-hu：灰燼
9. 霆 tân：響

#李恆德台文集

「蠓仔兄的心聲」，張寶成大師 攝影

肆、世間情
寫台文

有中風過的前行政院長孫運璿，捌拍過一支電視廣告，勸人講愛較捷「亮穴牙」(量血壓)！

因為逐工「亮穴牙」才袂親像伊按呢雄雄無注意，血壓夯起來，去發生中風的不幸，造成伊一世人的遺憾佮國家的損失。

虔誠拜佛的人會勸人講愛較捷唸「阿彌陀佛」，上好是一工唸一萬擺，一年 365 工逐工唸，唸甲一心不亂，死了才會當予阿彌陀佛接引去西方極樂世界！

信基督的人嘛會勸人講愛較捷「祈禱」，心內有啥物話不管時愛共「主」講，有啥物心願佮委屈愛予「主」知影，主才會降福予你，化解你的災厄，助你得著圓滿！

我這个台語人，嘛欲勸咱台語工作的友志，愛較捷寫台文，因為我認為寫台文是咱的本途，是咱的信仰，愛將寫台文當做咱內心唯一的

「真神」，才會當寫甲歡歡喜喜，功德無量！

過年前，有一位台語同行講欲來我的「明德台語學堂」上課，我上網去共看覓咧，哎唷，阿彌陀佛，原來是一位並我較資深的前輩！

我看伊行入台語這條路並我較早，閣多才多藝，會曉吟詩，會曉唱歌，會曉做戲，嘛會曉寫台文，閣交陪足濟台語界有頭有面的大仙！

我入去伊的面冊讀伊的台文，一篇一篇詳細共讀，感覺伊寫了有條有段，閣內容豐富，真誠感動人！

這種級數的人欲來我遮，我感覺伊敢若毋是來「拜師」，是來「踢館」，我忍不住共伊講：「你遮資深，功力遮好，我敢教你會倒！」

伊講：「老師你莫客氣，我有探聽過矣，我有一个朋友是某乜人，伊佮你嘛真熟，伊共我講，學台語揣你絕對無毋著，我已經決定，你毋免懷疑！」

好啦，人既然按呢講，表示人真正有誠意，我就無客氣共收入來，毋過為著警覺家己，愛好好表現一个台語老師的模樣，我愛較骨力仔寫台文，才袂落氣！

自彼工開始，我真正並以前較認真寫台文，寫一寡彼種真真正正有故事，有劇情，有血有目屎的台文，一篇的長度自我要求愛一千字以上，內容大約是家己身軀邊抑是親身經驗的故事較實料，一禮拜差不多佇面冊發表至少三篇！

想袂到我遮的台文貼出來反應遐好，濟濟的按讚佮留言無稀罕，邀我做面友的人忽然間增加足濟，我的「明德台語班」嘛加接著足濟報名，這兩工閣接著兩場演講的邀請！

朋友啊，我的感覺，台文的作品就是咱台語工作者的體面，是馬是驢仔愛牽出來走走咧予人看才準算，一篇好的台文就是上好的廣告，人若看你的文有佮意，好空的自然會家己揣到，逐家想看覓，我按呢講著抑毋著啊！

~ ~ ~ ~ ~ ~ ~ ~ ~ ~ ~ ~ ~ ~ ~ ~ ~ ~ ~ ~

《註解》

1. 雄雄 hiông-hiông：忽然間
2. 夯 giâ：抬高，飆高
3. 不管時 put-kuán-sî：隨時
4. 並 phīng：比較
5. 某乜人 bóo-mí-lâng：某某人
6. 骨力 kut-la̍t：認真努力
7. 有條有段 iú-tiâu-iú-tuānn：有條有理，有模
   有樣
8. 落氣 làu-khuì：洩底，漏氣
9. 目屎 ba̍k-sái：眼淚

#李恆德台文集

2019.1.26

結趼

雖然毋是「跤尖手幼」
事實嘛毋捌做過啥物粗重
將近 40 冬的公職
嘛是差不多攏出一支喙爾爾

進前我的台語教材雖然攏家已寫
毋過嘛是用偌濟，寫偌濟
會赴就好沓沓仔來，毋免趕！

這回答應「就諦」寫一本教科冊
按算 14 篇 800 句一句攏愛十數字
每一字閣愛台語、拼音、華語三遍手
按呢干焦量就愛寫超過 3 萬字
若閣和頭尾附錄呧呧鬥鬥彼就閣加幾落千字
出來！

已經完成 4 分之 3，小可仔有咧趕
莫怪指頭仔愛結趼！
講起來嘛是愛怪家已，以早傷好命！

阮這勻的人，佮電腦無緣

古早人寫字用毛筆
阮細漢讀冊上代先是用鉛筆
到初中的時代進級寫鋼筆
用原子筆寫是 20 年以後的代誌

我國校仔三年予人選去參加全省兒童作文比
賽
全校四个人，事過 66 年，名我猶會記得
毋信我講予你聽
六年的周奇勳
五年的曾博義，是我無仝字姓的親大兄
四年的孫文雄
三年的就是我啦

我為什麼講這段？
因為彼陣去比賽愛用毛筆
所以欲去進前學校逼阮學寫毛筆
僥倖，彼陣論真我才 8 歲半
叫我寫毛筆，手捏筆都袂牢，有夠無天良
彼就是我做人頭一擺寫字寫甲手強欲膨疱結
跡

服務公職的時

寫公文是寫一个簽呈抑是擬一个稿就好
真正發文，自然有文書人員處理
所以我寫公文輕可輕可免傷出力

進入電腦時代我的職位已經免家己拍電腦
資訊室的人會教我按怎批公文
按呢害我一直到退休我煞袂曉用電腦
所以我教台語教材攏用寫的
毋才會加趄一寡就結趼的代誌發生

我的老師黃冠人閣較奅
伊的講義用毛筆寫
當然嘛有學生共伊鬥跤手拍電腦

我的人無耐心寫字敢若畫土煞符仔
毋過我若寫教材，大部分會較有耐心咧
所以我的教材嘛捌予學生呵咾講字誠嫷
聽著誠見笑，面會紅

寫冊寫甲手結趼
表示我認真骨力拍拚閣用心
毋過比較較早阮阿母挽茶挽甲手結趼
一年週天攏按呢，雖然伊有帶布指仔嘛擋袂牢

我這小可仔一點仔趼算啥物？！

~ ~

《註解》

1. 結趼 kiat-lan：結繭
2. 跤尖手幼 kha-tsiam-tshiú-iù：手腳細嫩，表示未曾操持粗重工作
3. 呧呧鬥鬥 ti-ti-tàu-tàu：夯不啷噹湊在一起
4. 僥倖 hiau-hīng：可憐
5. 膨疱 phòng-phā：起水泡
6. 輕可 khin-khó：輕鬆不費力
7. 奅 phānn：厲害，神氣
8. 布指仔 pòo-tsáinn-á：布做的指頭套
9. 土煞符仔 thóo-suah-hû-á：符咒

#李恆德台文集
2018.3.27

有心就會成

歇一个熱來台大醫學院圖書館幫 in 這三个學生上課，到今仔日是最後一節。

每禮拜 3 擺，每一擺 3 小時，總共 11 擺 33 小時，無甲一個月，就共一套「醫用台語」全部教完。

In 是台大醫學院醫學系 3 年仔的學生，利用歇熱，揣我教台語，因為時間有限，所以用密集的方式！

最後一節，我先叫 in 家己讀猶未教的講義，最後閣叫 in 每一个人 用台語講20分鐘的話，in 攏照做，而且讀了真好，嘛講了袂穩，予我感覺真安慰。

當初揣我的時，in 的台語程度其實差不多是零，最後會進步遮濟，嘛予我有淡薄仔料想袂到！

佇台北大漢，北一女，台大醫學院，一路行來

是佮台語無緣，予人笑講叫天龍人的成長背景

會想講欲來揣我學台語，聽講是 in 一个馬來西亞來的同學介紹的，這位馬來西亞僑生捌來「就諦學堂」綴我學過台語，講起來按呢就是叫做緣份！

學一種語言無簡單，台語尤其無好學，一个「變調」佮一个「文白異讀」就會予你學甲強欲起痟，閣會予你感覺咱的祖先傳這套予咱，真正是共咱創治了真功夫。

in 三个會當佇短短時間，克服這个困難，我認為這毋是奇蹟，是 in 認真拍拚的成果！

人若有心就萬事可為；天下無難事，只怕有心人，這句話真正有理！

~ ~

《註解》
1. 無甲 bô-kah：還不到
2. 歇熱 hioh-juàh：暑假

3. 袂穤bē-bái：不錯
4. 大漢 tuā-hàn：長大
5. 起痟 khí-siáu：發瘋
6. 創治 tshòng-tī：捉弄

#李恆德台文集
2017.8.31

下課

又閣來遮歇睏一下
下課欲轉
來這个公園捷運站坐車
拄才下課，心情猶原猶閣袂啥平靜
我需要踮公園的石椅仔頂小坐一下

時間已經誠晏
公園邊的這條路除去久久仔有一隻公車經過
以外無看著其他的車輛出現

公園內底已經無看著遊客
只有一半个仔趕欲來公園捷運站坐車的人，佮
遠遠倒佇石椅仔頂睏的彼个友 e

四界誠恬靜
天色暗淡，一半支仔路燈予人感覺鑿目
攑頭共看，半圓的月娘看來真溫柔
好親像叫人緊轉去
厝裡有人咧等你

我一个人坐佇遮
因為我需要小坐一下
予心情平靜一下

是學生的認真感動著我
抑嘛是想起著咱台語的環境
哪會遮爾仔艱難

明明是咱的母語
照講是逐家攏會曉才著
為啥物煞強強欲失落去

是環境對咱不利
抑是咱的同胞無志氣？

好佳哉，猶有幾个仔少年的
會曉想欲閣來學

雖然 in 的台語講甲有影離離落落
甚至半句攏袂曉
毋閣欲學永遠袂嫌慢

逐擺上課攏予我真感動

好親像佇烏暗中看著天色漸漸咧欲光啊
是毋是代表著咱的同胞小可有咧覺醒矣！

~ ~

《註解》
1. 拄才 tú-tsiah：剛才
2. 誠晏 tsiânn-uànn：很晚了
3. 友 e　iú e：遊民
4. 四界 sì-kuè：四周圍
5. 鑿目 tshak-bak：刺眼
6. 煞 suah：卻
7. 離離落落 lî-lî-lak-lak：零零散散
8. 好佳哉 hó-ka-tsài：幸好

#李恆德台文集
2017.5.14

寫作四物仔湯

我教台文寫作毋捌咧共人改作品,極加是共你改毋著的字,抑是共你鬥斟酌莫去用著彼號無合台語氣口的字句曷爾。

因為我認為寫作就是寫出你的心內話,你內心按怎想,手就按怎寫,別人欲按怎共你掠跤掠手?!

論真寫作若講話,gâu 佮頇顢是半生成,有天生的個性,嘛有後天的經驗,彼个感受別人是無法度替你來想的。

佛經頂頭有一句話講:「流浪生死,獨來獨往,親若父子,不能代受」,無毋著,寫作這層代誌嘛是仝款!

按呢講,究竟會寫的人愛有啥物款的心思?我共想起來,有四項我認為真要緊,就是:

「苦憐代~落氣步~家婆神~好心行」

彼是啥物？

彼就是寫作的人重要的心理要素，包括伊的人生經驗佮自本的生張，也就是寫作的營養分，我共號做「寫作大補帖，四物仔好寶湯」

我的「明德台語學堂」這回開「台文寫作班」，短短三個月，就予我發見一堆的寫作高手

原來袂曉寫的變會曉寫！
原來毋敢寫的變敢寫！
原來普通普通的變足 gâu 足 gâu 的！

是按怎遮奇？敢講我誠是遘 gâu 教？
無啦，毋是我 gâu 教，是我發見 in 遮的人，差不多攏生本就有頭前我講的某一味的生張！。

頭一味：苦憐代，就是伊的人生食過苦，有失敗的經驗，百般的苦楚，萬般的無奈，攏是寫作的營養分，愈苦愈好。

第二味：落氣步，人的一生難免會拄著落氣的代誌，一般的人攏會驚見笑，無愛予人知，毋過你若願意將落氣代提出來佮逐家分享，就是

足好足受歡迎的題材。

第三味：家婆神，就是有熱心愛插代誌，愛打抱不平，對社會的運作，世間的不平事，大細項代誌攏有熱情，真心欲去插，閣會認真欲去觀察，用心去看，看甲足詳細，看甲津津有味，不知不覺共別人的代誌當做家己的代誌。

最後一味是：好心行，就是會同情眾生的悲苦，對悲苦有感想，進一步願意將伊的感想提出來宣揚，希望對悲苦的人有淡薄仔幫助！

就是按呢，in 若有其中一味生張，經過我教的台文基礎訓練，閣再三的鼓勵，好喙的姑情，化解 in 內心的障礙，in 自然就變成台文的高手了！

當然這種的生張是愈濟愈好，四味齊到閣較好，就敢若蠶仔食桑仔葉，食愈濟，腹肚底的蠶仔絲就愈濟，寫出來的模樣就愈嬌愈豐富，阮的學生中間真正嘛是有人有足濟項的！

恁講按呢台文寫作有啥物困難？！

~ ~ ~ ~ ~ ~ ~ ~ ~ ~ ~ ~ ~ ~ ~ ~ ~ ~ ~ ~

《註解》

1. 極加 kik-ke：頂多
2. 頇顢 hān-bān：魯鈍
3. 半生成 puānn-senn-sîng：半是天生的
4. 落氣 làu-khuì：漏氣，出糗
5. 生張 senn-tiunn：天生的模樣
6. 姑情 koo-tsiânn：好言相勸，求情

#李恆德台文集

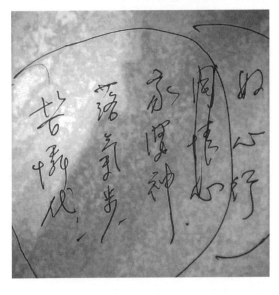

這代誌按呢毋好

這擺美國的戰艦予菲律賓仔貨船捒著予我想著一个故事

日本明治維新了後，國家真緊變強起來，一直想欲對外發展，頭一个想欲侵犯的國家就是就近的清國，毋過清國遐爾大，雖然彼時看來有較荏，真正欲對伊出手，猶過會感覺膽膽。

尤其是彼時清國的海軍，無論是船隻的數量、年份、頓位、武器的裝備，攏比日本的較先進，以數字比較，比日本贏真濟，實際的戰力如何？需要深入了解，若無，隨便出手，會去踢著鐵枋！

有一擺，日本仔的海軍，藉口欲佮清國海軍交流，佇交流進行中間，日本這爿的人 peh 上清國的軍艦參觀，打探軍情，in 手帶手橐仔，刁工假無意，一四界清彩遮摸一下，遐摸一下，結果發見不管摸甲佗位，攏無清氣

閣有看著閣較譀 e，竟然有人佇大炮頂 a 曝衫

仔褲，這予日本人 感覺：清國的海軍，確實有影軍紀敗害，絕對無才調相刣，所以 in 就放心 a 決定對清國發動戰爭，惹起尾 a 相連紲幾十年的禍端

這回，美國予人揤著的軍艦是最先進的「神盾級」的軍艦，照講一定是目睭金，跤手猛掠才著啊，哪會去予一台菲律賓仔的貨櫃船揤著，船揤甲靡靡卯卯，人閣死 7 个，相揤的責任窮起來，閣是美國軍艦的毋著，真正是漏氣步盡展，面子盡掃落地！

這个代誌，引起中國的網友大大的拍噗仔喝好，in 的海軍，嘛有可能會為著這煞來看美國仔無起，有機會 in 嘛敢對美國發動戰爭，拚一下 a 輸贏咧！

自古以來，真濟戰爭就是因為掠準對手傷弱才會來發動，二戰的時，希特勒對蘇聯，日本仔對美國，攏是這種想法開戰的！

所以講「由細看大」 若是為著這層代誌，使予美國的海軍予人誤會講軍紀穤、無戰力，惹

起人對伊發起戰爭的可能性增加，按呢就有影
真不幸了！

~ ~ ~ ~ ~ ~ ~ ~ ~ ~ ~ ~ ~ ~ ~ ~ ~ ~ ~ ~

《註解》

1. 荏 lám：虛弱
2. 膽膽 tám-tám：害怕
3. peh：(足百)，登
4. 手橐仔 tshiú-lok-á：手套
5. 刁工 thiau-kang：故意
6. 一四界 tsit-sì-kuè：到處
7. 清彩 tshìn-tshái：隨意
8. 清氣 tshing-khì：乾淨
9. 譀 hàm：誇張
10. 相刣 sio-thâi：戰爭
11. 窮起來 khîng--khí--lâi：追究起來
12. 拍噗仔 phah-phok-á：鼓掌

#李恆德台文集
2017.6.19

和病共存

倒佇胃鏡檢查室的這張膨床
等候醫生共我做胃鏡
我笑講，我就親像囥佇豬砧的豬爿
欲刣欲割由在刣豬仔的彼雙手囉！

早起我來榮總做胃鏡檢查
是一年一擺的大代誌
雖然是已經連紲做六冬矣
照講我嘛應該是慣勢矣才著
毋過其實我嘛猶會淡薄仔緊張

按怎講？

一來，做胃鏡對任何人來講，本來就毋是爽快
的代誌！

二來我這个「胃酸倒流食道發炎」的毛病已經
六冬矣，上好的藥仔毋捌斷，醫生交代我愛我
做的，愛喋的，我嘛已經盡量配合！

毋過毋知這个病哪會遮蠻

年年檢查，年年期待，年年予我失望
這擺檢查有較好無，我確實有影真關心！

為著檢查，需要空腹，我昨暝踮厝裡，一四界
貼「空腹」的字條，眠床頭，眠床邊，電視，
電視架仔，看會著的所在，攏共貼貼咧，就是
驚 e 袂記 e，去啉一喙水，來破功去！

到甲檢查的時，真萬幸，拄著這个醫生功夫真
好，二下手就檢查好勢，大約差不多無超過 2
分鐘，
予我無受著啥物苦楚就結束矣

檢查煞，我那拭喙，護士就那緊共我講：「好
矣」，意思是講我會使離開啊
毋過我關心我的病情，就行倚去問醫生

一般來講，檢查室的醫生，是無欲回答患者的
問題，有問題會叫你轉去門診彼爿才問
毋過這个醫生可能是看我這个阿伯仔生做真
古錐，竟然無拒絕我！

我問講：「檢查結果按怎？」

醫生那看電腦的影相，那用華語應我講：「有胃食道逆流」
我閣問講：「敢會蓋嚴重？」
伊講：「算三級」，按呢就是照原！

我忍不住講：「我已經六冬矣，這馬連暗時仔睏都毈咧睏，哪會無較好？」
醫生對喙應我講：「這毛病就親像高血壓，欲斷根，本底就足困難！」

啊~~，醫生這句話我佮意聽！
因為我原本對我這个毛病袂緊好，真懊惱
想講是毋是我無乖，配合了無好？

這馬聽這个胃鏡的醫生按呢講，我顛倒歡喜，表示講，毋是我無乖
嘛表示講，我若照起工食藥仔，就會當控制
會當控制袂閣惡化我就滿意矣

當初就是六年前，後生安排阮翁仔某去做一个健康檢查
是彼種頭透尾一工貼貼全套的彼種。

檢查的結果無要緊的毛病一大堆
要緊的就干焦這項，就是「胃酸倒流溢起來食道」予食道受著侵害！

彼陣閣講情形嚴重，有共我挾一塊「肉幼仔」去驗，好佳哉驗了講無按怎。

這个毛病華語本名叫「胃食道逆流」，咱台語叫「溢刺酸」嘛有人叫「火燒心」。
毋過，台語這个名，我感覺無準，親像我得著這个毛病，我家己根本毋知

因為我也無溢刺酸嘛無火燒心，
完全無感覺，無去檢查，根本就毋知影！

聽醫生解說才知影彼就是人食老，胃佮食道中間彼个「賁門」冗去，暗時仔若傷早睏，胃消化猶未完成，胃酸會淹過來食道遮，久去就會侵害著食道。

按呢講我才想著，就是彼年，新婦生第二胎，將大漢阿孫焄來阮兜蹛，彼陣伊才 3 歲，細漢囡仔早睏，暗時食暗飽，就早早愛陪伊去睏，

按呢連紲幾落年，我才會致著這个毛病！

既然了解這種毛病袂遐簡單好，我就安心仔準備和伊「和平共存」，逐工乖乖仔食藥，乖乖仔黜咧睏，無怨言！

等若有一工新的醫術發明，就親像當初有人發見十二指腸潰瘍其實就是「幽門桿菌」作怪，用抗生素毒幽門桿菌足簡單，若按呢，時到我就趁著矣！

～～～～～～～～～～～～～～～～～～～～～～

《註解》
1. 膨床 phòng-tshn̂g：彈簧床
2. 豬爿 ti-pîng：半邊豬的屠體
3. 刣 thâi：宰殺
4. 噤 khiūnn：忌口
5. 蠻 bân：頑強
6. 黜the：斜靠
7. 貼貼 tah-tah：滿滿
8. 肉幼仔 bah-iù-á：息肉
9. 冗 līng：鬆

國中社團選秀記

食老敢是老歹命
為著飯碗拚命行
朋友聽著毋免驚
是為面水拚輸贏

頂學期去竹圍國中接台語社團，彼班論真真了
然，學生才七个，問起來閣無一個是第一志願
選入來的！

人別的社團一班一二十個，咱人數輸人無打緊，
連上課嘛離離落落綴人袂著，有人耍手機，有
人紮作業來寫，有人規氣覆咧睏，橫直就是無
一个肯認真學，因為是社團，學校無要無緊，
咱嘛只好放較巧的佯無看的準煞！

這學期算是新年度開始，社團重選，昨昏頭一
節就是公開辦理選社團，400 幾个學生，集中
佇大禮堂，由各社團老師上台介紹各人的社團，
了後才予學生仔家己添志願，家己選欲參加佗
一社。

既然是按呢，機會來矣，無拚袂使，人講：輸人毋輸陣，輸陣歹看面；予你這个機會，就愛把握，莫閣予人共台語看衰潲，親像舊年按呢無人欲選，結果收兩个仔別人揀賰的，有夠苦憐！

著我報告我就無惜性命功夫盡展，面皮激厚厚，配合銀幕，閣唱閣跳閣吟，五月天，伍佰的歌，李白的「將進酒」我攏共展展出來，閣佯倥佯痟，練一山坪的痟話，弄甲遐的囡仔，逐家目睭看甲無轉輪，喙仔笑甲裂 sai-sai

照按呢看反應袂穩，今年選台語的應該人數會較濟，至少袂閣親像往年按呢收一寡無人愛的！

所有的社團老師我上老，毋過我活力無輸人，面皮比人較厚，上台比人較拚勢，為啥物？因為我認為別項會當無計較，咱台語絕對袂當輸人，你講著無？！

~ ~

《註解》
1. 了然 liáu-jiân：沒出息
2. 衰潲 sue-siâu：倒霉鬼
3. 揀賰的 kíng-tshun-ê：挑剩的
4. 佯悾佯痟 tènn-khong-tènn-siáu：裝瘋賣傻
5. 一山坪 tsit-suann-phiânn：漫山遍野

#李恆德台文集
2018.6.22

我來穿女裝

頂禮拜禮拜暗 a 我去「就諦」上課
去進前我先去城中市場食暗
食飽了後才行來「就諦」

行到半路經過一間服裝店
我看是一間我有不時咧交關的牌子
時間猶早我就幹入去罔看罔看

這間服裝店有三層，男裝部佇樓頂
我 peh 到樓頂見面佇倚樓梯頭的所在，看著一
排 siah-tsuh
花頭袂穩引起我的注目

我跙遮慢慢仔看，慢慢仔揀
揀--仔揀發見一領才 599，二領閣優待才 1000
拄好我有欠用，我就揀四領
準備買來換新衫
毋過時間到矣，我袂赴咧買就緊離開

今仔日我拄好有閒就專工走來去買
一个到位我就相真真直接到 3 樓男裝部

因為頂工已經看好勢矣
這擺我想講我會使捒咧就走
想袂到我仙揣就揣無

我正揣倒揣，頂揣下揣就是揣無
閣揣內底的小姐共我鬥揣嘛是無
想講哪會遐好跤手，予人買了去矣

既然揣無，雖然失望，嘛只好離開
落來到二樓，予我發見原來我佮意的貨色是佇
遮
頂回我就是走毋著樓層
走來女裝部佮人揀甲歡喜甲

好啊，女裝就女裝
佮意到地矣就無嫌
我先詳細看講男女衫有啥物無仝
結果是除去鈕仔無仝爿以外無啥物無仝

慎重起見我閣問店員捌人按呢買無？
店員講有啊，橫直外觀看袂出來
邊 a 閣一个查某共我鬥贊喙講
安啦，別人哪看會出是查埔衫抑是查某衫

好矣，按呢我就放心
殘殘開兩仟，抾四領
提轉來閣數領仔穿一遍，照鏡照看覓，看講有
媠無？照甲看甲歡喜甲！

~ ~

《註解》

1. 斡 uat：轉身
2. peh：（足百）登，爬
3. siah-tsuh：襯衫，日語的外來語轉台語外來
   語
4. 袂穤bē-bái：不錯
5. 相真真 siòng-tsin-tsin：看準準
6. 頂工 tíng-kang：上一次
7. 抾 hiannh：手拿衣物
8. 仙揣 sian-tshuē：再怎麼找
9. 仝爿 kāng-pîng：同一邊
10. 贊喙 tsàn-tshuì：幫腔
11. 殘殘 tshân-tshân：忍痛

#李恆德台文集
2019.6.10

是我

一頂帽仔
一个揹仔
一罐可啦

親像西部的銃手
一隻馬
一付鞍
一支銃

又閣親像流浪的盲劍客
一頂葵笠仔
一支拐仔
一支武士刀

我是國中台語老師
出門就是按呢
單身隻馬飄撇走江湖

我的江湖無風險無血汗
毋免承銃子，毋免睏山埔

毋過煞感覺有淡薄仔孤單稀微
因為，因為無看著酒吧
嘛無人招我決鬥
袂當予我好好仔臭煬一下！

~ ~

《註解》
1. 揹仔 phāinn-á：背包
2. 可啦 khó-lah：可樂
3. 銃手 tshìng-tshiú：鎗手
4. 葵笠仔 khuê-le̍h-á：斗笠
5. 承銃子 sîn-tshìng-tsí：挨子彈
6. 臭煬 tshàu-iāng：炫耀

#李恆德台文集
2018.5.8

鹿港姊仔的這粒飯丸

咧欲下課矣
鹿港姊仔才緊趕來

我講:「鹿港姊仔,都欲下課矣 你來欲創啥?」
伊講:「連鞭欲考試矣,我袂放心 想講閣來看覓咧!」

鹿港姊仔蹛佇三重埔,平常時仔有佇一間宮廟
鬥相共
今仔日是七娘媽生,伊愛去鬥無閒一下,所以
伊自早有共我請假,講伊會較晏來一下,無想
講伊來的時,煞已經直欲下課矣!

這回認證考試,我鼓勵全班逐个攏去考,因為
我認為 in 自本就會曉講台語,閣已經綴我學
拼音學寫字遐濟冬矣,考試對 in 來講應該是
真簡單的代誌。

毋過嘛是有人毋敢報名,講參加考試壓力傷大,
猶是莫較好,不管我按怎鼓勵,橫直就是毋敢!

偏偏歲頭上濟的鹿港姊仔一聲就答應，伊講：
「考就考，驚啥物，極加無牢煞，有啥物要緊」！
這種精神予逐家攏誠佩服！

鹿港姊仔的報名，伊 80 歲的年紀予教育部認
定是今年上濟歲的考生，嘛歡歡喜喜接受教育
部安排的記者的訪問！

報名了後，自本樂觀的鹿港姊仔雖然喙講無要
緊，毋過嘛變甲閣較認真拍拚，心內其實嘛向
望考予好，毋通落氣！

為著掛心考試的代誌，伊下課前閣趕來，表示
伊有影足有心 ，上要緊的是伊閣紮一丸油飯
予我，這丸飯丸是宮廟今仔日拜拜用的，看起
來閣真好食款！

鹿港姊仔按呢實在有影，足感心的啦！

~ ~

《註解》
1. 連鞭 liam-mi：馬上，立刻

2. 看覓咧 khuànn-māi-leh：看一看
3. 極加 kik-ke：頂多
4. 落氣 làu-khuì：漏氣
5. 紮 tsah ：帶

#李恆德台文集
2016.08.03

心聲

忽然間想著這句話
「你乃是非常人也」！

這句話是佇布袋戲不時出現的口白
咱的人平常講話敢會按呢講？

袂啦，咱的人平常無按呢講啦！

咱會講：
「你毋是普通人」！
「你參人無相 siâng」！
「你佮人無親像」！
「你毋是簡單的人物」！
「你真正是了不起的人物」！

一句話，用咱的話語，有遮濟講法，遮濟模樣，
千變萬化，多彩多姿
親像春天的花蕊，五花十色，嬌豔迷人

所以我愛教台文，寫台文，就是佮意伊的自由
自在，無拘無束

簡單講，彼才是真真正正咱的話語！

我嘛希望我的學生親像我，講咱的話，寫咱的文，學咱的喙水，傳咱的文化！

毋通去予舊的文化束縛著，彼種舊的文化是過去舊時代讀冊人佮做官的人咧講的話，咧寫的文

佇舊時代，彼是非常少數的，社會既得利益者，為統治者服務的文字，佮咱的時代已經脫節，參咱已經無底代矣！

閣再講，咱嘛毋是欲全盤共這種古早的文字放揀掉

因為咱嘛愛承認伊有伊媠的所在
親像這種媠的文字，就是一種藝術品，毋是生活的必需品！

可比講，杜甫的這句詩文：
「問答乃未已，驅兒羅酒漿」！

用咱的話來就是：
「話都講猶袂煞，就來喊囡仔去攢酒菜」

閣杜牧這句
「娉娉裊裊十三餘，豆蔻梢頭二月初」
用咱的話就是：
「十三四歲仔的媠姑娘仔，就親像二月時仔樹
椏仔頂今仔發出來的新穎」

你看，古詩文有影誠媠，毋過若欲準話來講，
較輸就是聽無！

閣拆較白來講，古文詩詞閣較媠，嘛是看媠好，
袂當準飯食！

所以講，咱就是愛將這種古文當做寶貝，好好
仔來共伊欣賞，當做娛樂消遣就好。

真正咱家已的話語，咱的人日常咧流通的話，
就親像咱三頓的飯頓，千萬就愛好好仔寶惜

閣較困難，嘛毋通失志，愛繼續拍拚，毋通去
予伊拍毋見去！

若無，有一工，咱的話若不幸無去，彼就真真
正正是「愛哭無目屎囉」！

~ ~

《註解》
1. 相 siâng：sio-siâng：相同
2. 放捒 pàng-sak：放棄
3. 媠 suí：美
4. 攢 tshuân：準備
5. 寶惜 pó-sioh：珍惜

#李恆德台文集

替人煩惱

店內無三个人客
店外遊客來來來去去無人掠遮看

這陣是中晝十二點半
照講是人客當濟的時陣
毋過哪會店內遮爾仔恬靜！

扞灶的頭家佇遐無代誌做
捀菜的頭家娘佮兩个年紀較大的查某人徛佇
店口認真摸人客
兩个囡仔庀佇門口耍甲毋知通煞

今仔日是拜六免上課
兩个囡仔照看是頭家的後生
趁歇睏日來店頭揣 in 老爸母

彼兩个歲頭較濟的查某人聽 in 講話知影是囡
仔的阿媽佮外媽
In 兩个自本和囡仔猶有加減講話
時間愈來愈晏，看無人客，規氣徛去店口專心
喝人客

345

「請進來坐喔！」
「進來吃好吃的牛肉麵啊！」
「有飯有麵喔！」

我面向外口，那食我的麵，那看 in 的齣頭
將近半點鐘的時間，才入來兩對人客四个人

這个時陣是用餐的時間
人客遮少，予我忍不住替 in 關心！

注意共看，外口並毋是無人
遮是士林捷運站邊-a 的廣場
地點照講無咧穤

行對門口過的少年仔其實是挨挨陣陣
毋過就是無人行入來

In 遮規排攏是賣食的
全排的隔壁有賣義大利麵、韓國烘肉、批薩、
泰國料理、閣一間越南菜

In 這間牛肉麵我來過幾落擺

口味袂穤，價數算起來嘛公道
是按怎今仔日生理遮穤？
敢講這馬人客的口味改變，牛肉麵無時行？

頭家的面色漸漸無蓋好看
頭家娘 in 母仔叫 in 查某团緊出去外口鬥招呼！

兩个因仔毋知頭重,閣佇遐佮 in 老爸硞硞花！
大漢的講:「你早上開車出去都沒有帶我去！」

In 外媽緊替 in 老爸應講:「你爸是帶你媽去拜
拜，又不是出去玩！」
這个因仔無接受 in 外媽的解說，紲一句講：
「別騙，你們每次都騙人，我才不信！」

看著這幕，我只有一个感想：
這兩个因仔真正毋知頭重
人客遮爾少，生理遮爾穤
這个時間才五六个人客，收入一千箍左右
這間店欲按怎維持？

照這个地點，遮大間的店面
一個月的租金敢毋免五萬箍？

店內四个跤手閣加兩个囡仔六个頭喙欲食飯

和水電，材料，稅金 ti-ti-鬥鬥，一個月愛收偌
濟才拍會開？
一工愛賣幾碗麵才算會和？

我雖然是人客，我嘛替 in 煩惱！

~ ~ ~ ~ ~ ~ ~ ~ ~ ~ ~ ~ ~ ~ ~ ~ ~ ~ ~ ~

《註解》
1. 掠遮看 liȧh-tsia-khuànn：往這裡看
2. 扞灶 huānn-tsàu：掌廚
3. 搝 khiú：拉
4. 囡仔庀 gín-á-phí：小傢伙
5. 無咧穤 bô-leh-bái：並不差
6. 挨挨陣陣 e-e-tīn-tīn：熙熙攘攘
7. 硞硞花 khȯk-khȯk-hue：一直吵

#李恆德台文集

十輪仔車

十輪仔車駛入來學校,阮遮的猴囡仔轟一下圍倚去,等駕駛兵仔共後算落落來,免等老師拍派,逐家咬牙誠好,二个手就 peh 去車頂坐好勢!

阮是一陣三芝初中二年仔的學生,彼時是初二升初三的歇熱,民國 47 年的熱天!

山頂學校無流行升學,歇熱就是歇熱,無人咧補習,學校嘛無咧辦啥物歇熱班,橫直就是放牛食草,隨在你矣!

這回是有一个啥物「救國團暑期青年工作隊」來阮三芝辦一个活動,按算欲踮三芝的埔頭橋較去遐辦露營!

彼个所在就是這馬「馬偕醫學院」佮隔壁「拾翠山莊」中間彼塊山坡地,提來露營閣不止仔好勢!

營隊未來進前,有一个工作隊先來,包括有二

个軍官,其中有一个會記得是二粒梅花仔,另外有二隻兵仔車,一隻是細台的 jí-pu-á 佮一隻十輪的大卡車。

這个工作隊來踮佇阮學校,學校借一間教室予 in 用,另外學校嘛配合派十个學生仔組一个服務隊,來予 in 做雜差,會記得我是隊長!

彼台 jí-pu-á 車是彼个兩粒梅花仔的軍官專用,另外彼台十輪仔車,就不時會予阮遮的猴囡仔服務隊來用的!

彼工阮的工課就是綴車去「富貴角燈樓」邊仔的空軍兵仔營載一寡器材。

這个兵仔營是咧顧雷達站的,雷達站設佇燈樓邊,聽講遮是台灣本島上北爿的所在,這个雷達就是設咧遮!

這个雷達站聽講是美國仔來設的,離三芝無偌遠,踮三芝就看會著,遠遠看敢若兩粒白色的乒乓球,足嬌足古錐,平常無機會行倚去看,這馬聽著欲去踅,逐家攏足歡喜!

十輪仔車開咧三芝往燈樓的公路頂，車路猶是塗石仔路，十輪仔車開起來 khi-khi-khȯk-khȯk，搖搖擺擺，車輪後壁沿路捲一陣塗粉！

車的油煙氣味足重，有人講足臭，毋過我感覺足芳，毋管是芳是臭，橫直有車通坐，逐家攏足歡喜！

彼的時代有影坐車足稀罕，連計程車都猶袂出現的年代，通台灣可能嘛無幾台自家用的烏頭仔車，三芝這个小所在當然免講！

平常時仔阮捌看的車就是僅有一間的貨運行，有幾台仔貨物車，逐家叫伊 thoo-lá-khuh，閣來就是公路局的班車，一工十數班，大部分是去淡水，會當閣盤車去台北，一部分是去石門金山。

平常無機會坐著車，這馬有機會通坐，當然是歡喜甲欲死，尤其是我是隊長，閣有通坐咧司機邊仔呢！

坐咧司機邊仔看著開車的阿兵哥開車的姿勢

有影真奇，伊雙手扦咧 hân-to-luh 紡過來紡過去足無閒，有時正手閣會去揀彼支杙仔，司機阿兵哥共我講彼叫「變速桿」！

上特別的是這隻車有十个輪，頭前兩旁各一輪，後壁有兩排，每一排攏有雙的輪，參一般的貨物車無仝，看起來加足勇！

去到空軍的兵仔營，看著遐的空軍仔攏穿足嬌，食飽閒閒，遮趖遐趖，也無攑銃，也無咧操練，參逐家平常時仔看的陸軍仔完全無仝。

阮去的時閣會請阮去福利社食枝仔冰，莫怪等阮畢業了後，有幾若个蹛遐附近的查某同學走去嫁予 in 遐的空軍仔！

彼工的十輪仔車迌迌，是我做人的頭一擺，留予我永遠的記持，我大漢了後，做兵竟然是做運輸兵，逐工參十輪仔車做陣，講起來嘛是真奧妙的緣份！

~~~~~~~~~~~~~~~~~~~~~

《註解》

1. 後算 āu-pín：後擋板
2. 拍派 phah-phài：指派，下令
3. 歇熱 hioh-juah：暑假
4. 兵仔車 ping-á-tshia：軍用車
5. jí-pu-á：吉普車
6. thoo-lá-khuh：外來語，貨車
7. 盤車 puânn-tshia：換車
8. 奅 phānn：帥氣
9. hân-to-luh：方向盤
10. 攑銃 giah-tshìng：拿槍

#李恆德台文集

退休火車母的心聲

我是火車母
毋是火車頭
火車頭是車站
莫共我叫毋著

我食塗炭無食油
塗炭食了　氣力就飽
一工會當淡水台北往回十外逝
四五个火車団綴我走
人客貨物載一拖　毋捌喝忝

彼當時我對日本過台灣
行水路坐彼號火煙船
一路搖搖擺擺我嘛無眩船
逐家攏呵咾我少年緣投閣有擋頭

阮兄弟幾十个
大部分蹛日本朝鮮佮滿州
來臺灣的無幾个
因為人講臺灣的路較細條
我生做細粒子我來才會合

這馬遮的兄弟嘛攏毋知去佗位
講起來傷心因為聽講攏過身去矣
賰我一个跮遮做孤單老人

逐工日睏金金人傷重
看人遊客挨挨陣陣對我身軀邊過
罕罕兩个仔行倚來共我摸摸看看咧
其他大部分攏共我當做空氣
也無佮我相借問一下有夠無禮貌

上毋是款的是
有人共後街仔彼个大肥娥-a 嘛叫做火車母
人阮敢有參伊生做全彼號款

大肥娥-a 我捌，伊做人真古意
厝邊頭尾攏講伊是好人
按呢共人譬相敢袂傷過份

我的個性其實是愛走坐袂牢
這馬叫我恬恬跮遮歇睏
倚佇遮予人看古董
有影鬱卒啦！
～～～～～～～～～～～～～～～～～～～～

《註解》

1. 莫共我 mài-kā-guá：不要把我
2. 毋著 m̄-tióh：不對
3. 塗炭 thôo-thuànn：煤炭
4. 逝 tsuā：趟
5. 火煙船 hué-ian-tsûn：輪船
6. 眩船 hîn-tsûn：暈船
7. 細粒子 sè-liáp-tsí：小個子
8. 挨挨陣陣 e-e-tīn-tīn：挨挨擠擠
9. 毋是款 m̄-sī-khuán：不像話
10. 譬相 phì-siùnn：嘲笑
11. 恬恬 tiām-tiām：靜靜

有一工我若老

有一工我若老
上好我身體猶勇健
身體若勇，氣力就有，就免煩惱

免問我有幾歲
幾歲毋是重點
有才調照顧家己才是重點

錢毋免賰傷濟
免共人伸長手
提起手欲用就有較要緊

目睭毋免傷明
出門行有路
手機仔猶看有上好

跤路毋免傷好
毋免想欲佮人去走鐵人
毋免參人去 peh 七星山
芝山岩百二崁猶 peh 有法就足迷人矣

頭腦毋免傷好
當時食藥仔當時看診記會清楚
當時佇佗位上課袂花去
出門物件攏會記得紮轉來就好

精神毋免傷好
暗時仔倒了隨睏會去
一醒到天光半暝毋免起來賴賴趄就萬幸

是講人無千日好花無百日紅
身體的代誌　啥人料會著
萬一拄著家己無才調照顧家己的時陣
是欲按怎才好？

時到是毋是目睭金金人傷重
論真講起來若按呢有影真可怕

毋過　話講倒轉來
既然世事難料未來的代誌啥人料會著？
抑若按呢煩惱這欲創啥

~ ~

《註解》

1. 賰 tshun：剩、存
2. 跤路 kha-lōo：腿腳
3. 花去 hue-khì：亂掉
4. 紮轉來 tsah-tńg-lâi：帶回家
5. 賴賴趖 luā-luā-sô：晃來晃去
6. 目睭金金 bak-tsiu-kim-kim：眼睜睜

#李恆德台文集

張寶成大師攝影美照欣賞

講一个無耳墜仔的人～山本五十六

最近有一个熱門的話題是咧講某乜人雄雄走出來欲「酸宗痛」，予對手料袂到，袂赴咧通應付，逐家共這个動作叫做「偷襲」，講較白的，就是「趁人無注意共人偷拍」啦

講著偷拍，逐家頭一个會想著的案例，就是二次大戰日本偷拍珍珠港的事件！

抑若講著這个事件，逐家嘛一定會去想著這个事件的設計師「山本五十六」大將。

山本五十六是我自細漢不時捌聽老輩咧講起的人，佇 in 彼輩做過日本人的心目中，山本是一个真本真料的英雄，in 甚至會講山本若莫死，太平洋戰爭日本袂輸！

其實逐家攏知影，山本本身是上反對對美國開戰的人，因為伊捌留學美國，知影美國的實力「高深莫測」，是絕對予你惹袂起的國家，惹著美國就是自揣死頭！

是講命運的創治，予山本不得不對反對向美國開戰的人，一步一步行向向美國開戰的主持人！

代誌的發生愛對佗講起？
簡單講就是彼時日本為著戰爭欠資源，將戰事開向南洋，彼時南洋各國猶是英美法各國的殖民地，當然會惹起in遮的國家的封鎖佮對抗！

日本大本營的意思是英國法國都已經拍落去矣，美國無拍欲哪會使！

這个主張山本一直反對，毋過彼時扐手頭的是主戰派的陸軍，對山本的言論非常不滿，尤其是少壯派的特別激烈，有幾若擺欲用暗殺的手段來對付伊！

彼時海軍大臣米內光政，真關心山本的安全，為著欲保護伊，毋才將伊調去聯合艦隊做司令官！

聽講山本本身有一種愛「跋輸贏」的個性，對行棋、橋牌、麻雀、拚球，無所不興，無所不精，捌共人講，伊若退休，想欲去摩納哥開筊

場，趁天跤下所有的人的錢！

有這種個性的人就會當了解伊發落太平洋戰事的時，會去計劃偷拍珍珠港，將日本帝國的命運䂓孤注的舉動！

既然命運共伊揀到第一線，予伊來負責對付美國，最後是伊的座機予美國仔拍落來曲去收場，毋免予伊等到親目睭看著日本敗戰的悲劇，嘛算是伊的幸運！

為著講著伊，予我佇網路揣著伊這張相片，發見山本的耳墜仔真正非常細，細甲差不多攏無半屑，這敢是親像相書所講：耳墜仔的大細關係著這个人的福份？，此話當真？罔聽罔聽，當做笑話就好啦！

~ ~

《註解》
1. 酸宗痛 suan-tsong-thòng：選總統
2. 創治 tshòng-tī：捉弄
3. 扞手頭 huānn-tshiú-thâu：掌權

4. 跋輸贏 puảh-su-iânn：賭博
5. 筊場 kiáu-tiûnn：賭場
6. 矺 teh：壓
7. 曲去 khiau--khì：死掉

#李恆德台文集

對鄭日清的話講起

歌手鄭日清是台語歌的老前輩
和文夏、洪一峰、郭大誠仝匀
是彼當時查埔歌手中間的四大紅牌

講著鄭日清
逐家就想著伊的招牌歌曲「落大雨彼一日」
彼是我初中時代上流行的歌
五十外年無退時行
到今猶是卡啦 Ok 點唱的熱門歌曲

「彼早起呀落大雨落甲彼下晡
為著等伊害阮衫褲沃甲澹糊糊
啊~~愛情實在甘帶苦，
就是初戀的熱度
想起來總是為著幸福的前途
今日閣來想起彼時在初戀的街路」

曲調哀怨好聽
歌詞深刻描寫著初戀少年家的心情
莫怪彼時遐爾轟動
街頭巷尾 la-jí-ioh(收音機)，liân-tsit-khuh(電唱

機)放送不斷

這个鄭日清原本是台灣省公路局的員工
因為歌喉好
予人選入去「公路文化工作隊」唱歌
就按呢才紅起來

大約 15 冬前
鄭日清 80 幾歲猶捌轉來公路局
參加退休人員聯誼會

歲頭袂少毋過功夫原在
猶原唱伊的招牌歌「落大雨彼一日」
猶原那唱那踏伊 bu-lu-suh(勃魯斯)的舞步

那唱那踏舞步是伊的招牌動作
問伊為啥物按呢做
伊講伊逐擺看人佇台頂唱歌
攏徛挺挺，徛甲敢若一支「銅線皮柱」
伊想講按呢無自然愛來做一個變化
才家己研究一套舞步來配合

這句「銅線皮柱」誠古錐

連我這个佮伊仝時代的人都罕得聽著
因為阮是講「電火柱仔」

真濟新時代的名詞台語原來無的
就愛號新名，親像
「火車站」叫火車頭
「機關車」叫火車母
「火車廂」叫火車囝
「鐵軌」叫鐵支路
「汽車」叫自動車
「轎車」叫烏頭仔車
「輪船」叫火煙船
「水泥路」叫紅毛塗路
「柏油路」叫點仔膠路
「電燈」叫電火
「唱片」叫曲盤

共「電線桿」叫「電火柱」是因為彼頂頭攏不
時有看著一葩電火做路燈
抑若叫「銅線皮柱」應該就是講電柱牽電線，
電線銅做的，電線外口閣包一層皮
按呢講嘛真有道理！

這馬真濟少年的歌手嘛愛唱台語歌
雖然 in 的歌詞寫的台語有時是無蓋標準
毋過有人欲唱對台語的流傳加減有幫助
咱嘛是愛共 in 肯定才著！

~ ~

《註解》

1. 仝勻 kāng-ûn：同一輩份
2. 時行 sî-kiânn：流行
3. 沃甲澹糊糊 ak-kah tâm-kôo-kôo：淋得濕淋淋
4. 遐爾 hiah-nī：那麼
5. 葩 pha：計算燈火的單位

#李恆德台文集
2018.11.3

對川希大選講甲美國的大選制度

這回美國大選，予人真意外的是彼个「政治素人」過去完全毋捌插過政治的「川伯 a」贏過政壇老油條的「阿蕊姨 a」

阿蕊姨 a 佇政壇走傱數十年，風評一向袂穤，佇白宮做第一夫人的時，in 彼个毋成翁做彼號袂見眾的落氣代誌，逐家攏替伊不平，頂回黨內初選輸予彼隻「歐馬」，人嘛攏替伊感覺誠委屈

對手川伯 a，佇黨內初選就無人相信伊會當出線，進入大選了後，伊一支喙飛飛，話捎起來烏白講，閣較予人相信伊無可能會牢！

天下間的代誌就是予你真正掠袂著，美國人的胃口誠實變矣，濟人嫌少人呵咾的川伯 a，看伊一箍槌槌，人伊閣干干仔予伊選牢！

是講票開出來煞予人感覺奇怪，為什麼得票 6027 萬票的阿蕊姨 a，比得票 5990 萬票的川伯 a，明明加 37 萬票，結果煞予川伯 a 贏去？

這就是對美國總統大選的選舉制度無了解，所以 才有這種疑問！

簡單講美國大選比的輸贏是「選舉人票」，毋是一般的選票，咱看這擺大選阿蕊姨 a 雖然比川伯 a 加 37 萬票，毋過「選舉人票」伊干焦提 232 票，比川伯 a 的 306 票，倒輸 74 張票！

啥物叫「選舉人票」？因為美國是「聯邦」國家 所以伊的總統是以「州」為單位產生 「選舉人」再計算選舉人的票數來定輸贏。

各州「選舉人票」的票數，是照各州的公民數來分配，大州像「加州」有 40 幾張選舉人票，細州像「阿肯色」只有幾張仔！

奧妙就是佇遮，這个「選舉人」無個人的「自由意志」是「贏者全提」，若這州公民投票某黨贏了一票，彼州幾十張「選舉人票」就攏全部歸彼黨所有！

這種制度理論上有造成 全國總投票數贏，實

際上煞輸了大選的可能
，過去真罕得發生，這擺川希大選予咱見證了
美國這个聯邦國家，大選與眾不同的奧妙！

~ ~

《註解》
1. 走傱 tsáu-tsông：奔走，活耀
2. 毋成翁 m̄-tsiânn-ang：不成材的老公
3. 袂見眾 bē-kìnn-tsìng：見不得人
4. 喙飛飛 tshuì-pue-pue：嘴巴不牢亂講話
5. 捎 sa：手抓
6. 掠袂著 liàh-bē-tiòh：料不到
7. 濟人嫌 tsē-lâng-hiâm：很多人嫌棄
8. 干干仔 kan-kan-á：偏偏
9. 煞 suah ：卻

#李恆德台文選
2016.12.29

高中同學

佇大龍街的果子仔店拄著伊
這个 o-jí-sáng 看起來真面熟
雄雄想著伊敢毋是以早高中的同學曾錦魁。

我徛倚去掠伊看，伊專心咧揀果子，無注意著
我
有一睏 a，伊攑頭起來，看我咧共看，伊嘛掠
我看一下，閣真有禮貌，共我頕一下頭。

看伊的反應，我知影伊袂認得我
想講機會難得，五十幾年無見的同窗，我若無
先開喙揣伊相認，恐驚 e 這世人無機會 a 啦！

我先問伊講：「歹勢，請借問一下，咱敢是曾
先生？」
伊講：「是啊，有啥物指教？」
我緊閣問落去：「你高中讀成功？」
伊講：「著啊，你哪會知？」
我無回答伊的問題，閣紲落去問伊：「你初中
讀建中著無？」

聽我連紲問伊三个問題，害伊驚一下！
應講：「你是～～～？」
我講：「你是曾錦魁？我是李恆德啦！」

聽我按呢講，伊用手共我牽著，問講：「你哪
會認咧我？」
我講：「你看起來攏無變，莫怪我一下手就認
著你！」

其實毋是干焦講伊外形無變，上主要是伊彼陣
就予我印象真深，第一，伊佇同學中間佮我全
款是少數較倯氣的人，in 兜蹛三重埔，in 老爸
佇大橋頭賣圓仔湯，伊騎一隻舊相舊相的跤踏
車來學校，這幾項伊攏照實講予逐家知影，參
我這个三芝來的庄跤囡仔氣口會合！

第二，伊會一直 kāng 講：伊初中是讀建中 e，
講按呢有淡薄仔委屈的意思，事實嘛有影，彼
陣學校的「階級」足明的，建中是聯考第一志
願的學校，阮成功是第二志願，附中是第三，
這三間攏是省立，理所當然排頭前，閣來才是
市立大同，市立成淵排尾名！

372

因為初中嘛是用考的，初中讀建中表示伊初中聯考考著第一志願，佇民國 45 年的年代，初中考牢建中，袂輸古早封建時代考著秀才，偌燴咧你敢知！

比較起我這個三芝初中畢業的庄跤囡仔，考牢成功，歡喜甲毛欲用去，伊建中來的有影有較委屈！

事實上，聯考雖然表面上是公平競爭，予真濟社會低層的子弟，有翻身的機會，毋過家庭資源無全，機會猶是有差！

親像早阮一屆的蔣孝武，林明成，就是身份驚人，林明成是枋橋林家的金孫，照講嘛是用考的入來，孝武就無可能是考的。

以孝武的身份照講嘛是愛讀佗一間就讀佗一間，為啥物無去建中來成功？原來伊來的時成功的校長「潘振球」是 in 爸 a 的親信，救國團系統的，交予伊較放心。

其實孝武佇成功猶算乖 e，無聽 e 講鬧啥物新

聞，比較起來 in 大 e 孝文就加足匪類，有學校讀甲無學校，有一段時間讀過淡江，去到佗，嘛攏落氣步盡展！

阮仝班同學，比較起來嘛是外省人佮好額人較濟，資源無全，機會就是無全！

好額人中間，有一个黃元茂無蓋大漢，愛踢跤球，in 兜是中山北路一段做貿易的，一个叫陳伸洋，人真緣投，愛搷棒球，看伊的穿插行動，就是好額囝的模樣

有一个姓曾 e，新營來的，in 兜真好額，in 老爸佇師大附近買一間有花園圍籬的日本仔宿舍，是大官虎咧蹛彼種，伊捌𤆬阮去看，有一个叫藍勝廣，in 兜衡陽路公園邊開翕相館的，一个桃園來的，名袂記 e，干焦會記得伊愛聽音樂，開喙合喙攏是西洋歌曲！

外省人中間，頭一个我猶會記的是班長姓魯，老爸是國代，老母是學校老師，老母誠臭屁，會展講 in 兜佇大陸偌好額，in 的祖墳會當蹛一營的兵，in 囝個性佮老母 siāng 款

374

有一个叫顧志傑，老爸是自立暗報總編輯，真gâu講話，嘛真愛講話，不時會講「柏楊」的代誌予阮聽，有一个叫甘智崗，阮攏講伊是美國總統甘耐迪的親情

以外猶有英語誠好的杜姓同學，閣一个gâu畫圖的，尾仔去做外交官的，一个國文真好尾仔去聯合報的，一个功課無蓋好做學校樂隊指揮的！

算起來，有影我佮曾錦魁阮兩个較會合，高三的時，阮開始分組，我佇文組，伊佇理組的，就按呢阮就無閣鬥陣，到今58冬囉！

哈哈～，人講，人生何處不相逢，相逢好像在夢中，58年將近一甲子，閣拄會著，認會出，有影無簡單！

～～～～～～～～～～～～～～～～～～～～

《註解》
1. oo-jí-sáng：老先生，源自日語的外來語，一

般寫歐吉桑

2. 頕頭 tìm-thâu：點頭

3. 俗氣 sông-khuì：土氣

4. 舊相 kū-siùnn：老舊的樣子

5. 偌煬 guā-iāng：多麼神氣

6. 落氣步盡展 làu-khuì-pōo-tsīn-tián：拚命搞丟臉的事

7. siāng 款：相同

8. 炁炁：帶

9. 開喙合喙 khui-tshuì-háp-tshuì：開口閉口

#李恆德台文集
2019.5.27

台灣上好額人的人生最後一頓

1946 年台灣上好額的人是枋橋林家的頭家林
熊徵

這个林熊徵就是板橋林家第五代的主人
日本時代做過日本貴族院的參議員

華南銀行的董事長林明成是伊的後生
前一站仔和新光大公主拍離婚官司，拍甲足鬧
熱的彼个大少爺就是 in 孫

台北市足出名的私立學校「薇閣」就是伊開的
「薇閣」是伊的偏名

好額人論真嘛真苦憐，自細漢出世就無自由
奴才仔綴前綴後無打緊
食物件閣予人限制甲足屬害

我讀成功高中的時有一个老師「林衡道」嘛是
林家的囝孫，是林熊徵的叔孫仔
伊講伊做囡仔的時，食柑仔攏愛過炊過
炊過的柑仔，想嘛知，哪會好食！

這个林熊徵自伊一兩歲仔會曉食物件
in 阿媽就共伊飼人蔘顧身體
飼甲伊自細漢就足大箍
人攏叫伊「阿肥 e」！

為著按呢，伊大漢了後驚閣大箍落去，煞變做
足儉吃！

彼陣伊出門攏坐人牽的手車仔
有一擺伊的車伫路 e 佮人相挨
車伕停車和人理論
因為伊大箍有重，車伕一个無張持扞無好勢
車斗煞倒摔向，害伊跋跋倒！

自按呢了後，伊的手車仔出門改用兩个人
一个牽一个揀，才袂閣反車

1946 年 11 月伊欲過身進前彼早起
伊來伊的生理伴張聰明 in 兜講代誌

這个張聰明是彼時台灣的媒礦大王
日本起山來台灣的時，伊是頭一批日本人培養
的通譯

378

靠山食山，倚海食海，張聰明共日本仔做通譯，
傍日本仔的勢面
伊提著真濟開碳礦的權利，嘛變做足好額

彼工熊徵仔來，到中畫的時，張聰明問伊講：
「菜館叫菜來食好--無？」
伊講毋免，共我煮一碗摵仔麵就好！

啥知，第二工伊就因為中風來過身

遐爾好額的人才食59歲，伊的人生最後一頓，
嘛不過是一碗上普通的摵仔麵
人講人生海海有影 lioh！

～～～～～～～～～～～～～～～～～～～～～～

《註解》
1. 好額人 hó-giàh-lâng：有錢人
2. 大箍 tuā-khoo：大胖子
3. 相挨 sio-e：擦撞
4. 扞 huānn：手握
5. 倒摔向 tò-siànn-hiànn：向後摔倒
6. 摵仔麵 tshik-á-mī：俗稱切仔麵

蠓仔兄的心聲

這个阿伯仔足顧我怨
遮暗 a 猶毋睏
蹛 in 兜有影足歹賺食

覗咧壁角誠久矣揣無食
飛過來飛過去
飛甲忝甲欲死嘛是揣無食
因為 in 兜足清氣相
連一隻胡蠅狗蟻都無

我是食膫的
講較白的，我是食血抑是食汁的
當然是血較甜較有滋味

上好是人血
欶一管我就會使飽一工
毋免予我碴碴傱

抑若彼號紅嬰仔的跤腿
肥肥白白肉肉肉閣有攝襇
彼若來予我欶一喙偌好你敢知

抑若釘著阿婆-a 就愛較細膩咧
皮足韌，襉足深
有時釘袂落去，有時挽袂起來
無細膩會去予攝襉挾死

抑若目睭眵眵去釘著牛角
你就知影啥物叫做無彩工

其實我嘛蓋清彩
無魚蝦嘛好
無人，鳥鼠仔屹蚻蜘蛛蟮尪仔嘛無嫌

精差 in 兜就是摒甲無半項
規工 noo#sut 腹肚活欲枵死
艱苦呢

一間厝迌大間
賰 in 兩个老翁婆
閣罕呢咧眠
in 毋眠我就無機會

頭拄仔看這个阿伯仔禁電火
我就偷歡喜講這聲卯著矣

看伊倒落去有一睏仔
想講妥當啊
我緊飛倚來

啥知伊啪一下就搰過來
老罔老跤手閣不止仔猛醒
好佳哉我有練過閃有離
若無我就一命嗚呼了

無法度，怪我家已
我的翼飛起來一分鐘差不多攕甲將近 600 下
空氣予我攕著 phng-phng 叫

我蠓未到聲先到
所以阿伯仔一支手早就攢好勢咧等我

論甲真
In 人實在足無量
In 的體格遐大 tshāi
莫講予我敕一喙敕一百喙 in 嘛無 hìnn-哼着

閣再講阮蠓族活佇地球有一億七千萬年
in 人族嘛才無二萬年爾

憑啥物予 in 踮地球耀武揚威

聽講 in 人族的佇戰國時代
有一个明君叫齊桓公對阮上好
伊會同情阮無通食
暗時仔會將蠓罩掀開予阮入去敕伊的血

二十四孝閣有一个孝子
in 老爸若欲睏伊攏會先褪腹裼
倒佇老爸身軀邊予阮先食予飽
才袂去敕 in 老爸

其他的人拄著阮
毋是拍就是薰
抑無就是毒
橫直就是共阮當做三代冤家的冤仇人

無奈啊無奈
世間遮爾無公平
後出世我一定無欲閣再做蠓蟲

著啦，袂記得共恁講
我其實是體態妖嬌的蠓仔姑娘

人攏叫我是蠓國的林志玲
毋通叫我蠓仔兄啦

因為阮愛生卵傳後嗣
所以才愛食膔敕血補營養
阮遐的蠓仔兄攏食素就較自在
毋免親像阮按呢無閒閣冒險！

~ ~ ~ ~ ~ ~ ~ ~ ~ ~ ~ ~ ~ ~ ~ ~ ~ ~ ~ ~

《註解》
1. 賺食 tsuán-tsia̍h：用不正當的手段得到
2. 食膔 tsia̍h-tsho：食葷的
3. 碏碏傱 kho̍k-kho̍k-tsông：到處奔忙
4. 攝襇 liap-kíng：皺褶
5. 無細膩 bô-sè-jī：不小心
6. 虼蚻 ka-tsua̍h：蟑螂
7. 卯著矣 báu-tio̍h-ah： 賺死了
8. 猛醒 mé-tshénn：快速利落
9. 遐大 tshāi：那麼大一個杵在那裡

#李恆德台文集
2018.4.13

阿強真無閒

透早 4 點外我起來灶跤唚一个仔水，看著阿強佇水槽仔邊趖來趖去，真無閒的款，我講阿強你 gâu 早，伊攑頭掠我看一下，無欲插我！

5 點外，我去灶跤捀水，準備敬茶供佛，看伊佇遐猶未走，嘛照常無愛插我。
6 點外，我拜佛拜好矣，共茶甌仔收起來灶跤囥，伊嘛猶閣佇遐！

我忍不住共伊講，你嘛較差不多一絲仔，你算是夜間部的同學，這馬天光矣，你嘛好轉去歇睏矣啦！

阿強用不滿的眼神共我眼一下，開喙共我講：攏嘛怪你！

我講：唉唷唷 你按呢講敢袂傷過份？你佇我遮，食我踮我攏免料，也無聽你共我說一聲多謝，我無趕你走，算講誠客氣矣，你竟然猶欲怪我！

阿強講：毋怪你欲怪啥人？恁某無咧厝裡，你這个老先生嘛傷過貧懶，飯也無欲煮，菜也無欲攢，除去滾水，規个灶跤無半項，叫我食呼honn？！

我講：彼是恁兜的代誌，嫌我無煮半項，上無，我嘛有切一个果子，買一个仔便當，泡一个仔泡麵，敢誠實無半項分你舐一下？

阿強講：你猶好意思講，你食便當泡麵，迌的紙殼仔你攏翻身就提去擲掉，連果子皮都提去花盆仔做堆肥，半屑都無通分我鼻芳，害我無聞規暝，腹肚猶食無飽，到今猶袂當歇睏！

我講：予你講甲按呢，我毋就誠實無一塊好，既然你遮爾無滿意，會使搬去隔壁啊，我敢有熗米糕留你？

聽我按呢講，阿強煞笑起來講，我才毋咧，隔壁彼个老查某有夠歹，逐擺看著我就提淺拖仔欲共我拍，若毋是我跤手好，恁爸這條老命早就去予收仙去矣，我若去 in 兜蹛，早緊慢會去死在伊的手頭，閣再講，恁兜雖然歹賺食，

386

論甲真，咱嘛是老朋友矣，我嘛猶毋甘得離開你呢！

三講四講，阿強竟然共我來這套，照按呢看，阿強不但足無閒，嘛閣足皮，一支喙胡瘰瘰，會曉看目色閣 gâu 轉話關，予我有影無伊法！

~ ~

《註解》

1. 食呼 honn：吃個鬼。「呼」就是「毛呼」，農曆七月盂蘭盆會祭鬼用的一種沒包餡料的糕點。
2. 舐 tsīg：舔。
3. 觳仔 khok-á：小盒子。
4. 收仙 siu-sian：收拾去做仙。
5. 早緊慢 tsá-kín-bān：早晚。
6. 賺食 tsuán-tsiáh：用不正當手段謀生。
7. 糊瘰瘰 hôo-luì-luì：形容說得天花亂墜、誇大不實
8. 轉話關 tńg-uē-kuan：見風轉舵。

#李恆德台文集

一張罰單

躊躇一晡，終其尾伊嘛是提出勇氣共電話攑起來，敲這通電話予 in 這個老同事！

彼工佇一个酒宴中拄著這个老同事，真濟年無看著，這个老同事真好禮予伊這支電話的號碼，閣用手共伊的肩胛頭搭一下講：「老兄弟免客氣，有啥物代誌袂拄好，做你來揣我！」

伊本來想講為著這个小可代誌來揣人，毋知會歹勢袂？
毋過想著老同事彼工遐熱情，看起來是真好意，無親像是清彩講講的曷爾！

這个老同事是佮伊預官仝梯仝單位閣睏共寢室，有一年貼貼的革命感情，做陣退休的時嘛閣互相交代愛較捷連絡-e！

講是按呢講，退休了後各人無閒各人的代誌，其實 in 毋捌咧相揣，只是每年新年有寄一个-a 賀年片互相祝賀一下爾！
算起來按呢嘛差不多有五六冬過去矣，這擺佇

酒宴中拄著，有影予伊真大的意外，兩个人忍不住來一个大大的「擁抱」

酒宴中兩个坐做伙，真濟話講袂煞，伊才知影老同事官運袂穤，警官學校畢業的伊佇基層做一站了後，最近是去予 in 局長選去做機要，綴佇局長身邊做一个高等幕僚！

照老同事的講法，in 局長做代誌真有魄力，上任了後推動真濟改革，毋過事實上，遮的改革真濟是伊提供的意見，表示伊真得 in 局長疼，佇局長面前真有夠力，既然按呢，這个代誌來揣伊應該是無啥物問題才著！

代誌的發生是按呢，彼工伊做人頭一擺開車上班，in 兜蹛淡水，公司佇長安東路二段，以往伊攏坐火車來台北車頭，才盤公車來南京東路，才閣行路經過伊通街來公司。

彼工伊頭一擺開車，路草無講蓋熟，伊對新生北路高架橋幹入來民族東路，才閣行松江路，按算到南京東路才倒幹，照常行伊通街來公司。

車來到民權東路口拄著紅燈，照伊的了解，倒幹的車才愛行上內面的車道，伊欲直行，行第二個內車道應該無毋著

啥知予伊料袂到，倒幹青燈先變，伊的車無振動，後壁的車就一直共伊 pann，伊都猶未反應過來，頭前的「交通-e」已經出手共伊撼講叫伊緊愛倒幹，原來是上班時間調撥車道，內車道第二車道嘛愛倒幹！

這聲害矣，雄雄綴人倒幹，閣紲落去欲按怎？好佳哉，行無幾步，伊就發見著正手爿出現一條巷仔，伊考慮都無考慮，就緊幹入去。

行入去了後伊發見彼是一條單行道，伊好狗命行著順向，真正是阿彌陀佛。

行矣行，伊順利行過兩個橫路，到經過第三個橫路，咧欲閣進入彼條巷仔的路口的時，雄雄拄著二個「交通 e」共伊攔落來，伊問講是按怎，「交通 e」叫伊去看邊仔的交通標誌，有影寫甲足清楚：「禁止進入」

遮奇！仝一條巷仔，頭前二段攏順向，來到遮會變倒頭向，按呢分明就是刁故意佈一个陷阱，欲害人軁入來予 in 開單！

提著這張罰單，伊有影有夠挨牌，罰偌濟嘛毋知，毋過伊有影足毋願，袂癮納，欲緊來去想辦法共銷掉才會使！

想矣想，去予伊想著伊這个老同事，想講伊遮爾有夠力，彼工閣講甲遐好禮，這聲來揣伊穩妥當！

電話敲通喨無幾聲，彼頭就有人來接，講「局長室你好，請問找誰？」，伊聽著是 in 朋友的聲，就緊講：「是我啦，我李明亮啦，你是王專員嗎？」，對方聽著伊的聲，就共講：「王專員不在，你有甚麼事，等一下再打來好了」，講完電話就靠落去！

伊感覺奇怪，這明明是伊予伊的專線電話，聽彼个聲音嘛明明是 in 朋友無毋著，想著奇怪，伊忍不住閣敲一擺，彼頭煞無人咧接，閣一睏 -a，伊閣敲第三通嘛是 siāng 款！

伊電話放落，人煞愣去，較想就想無，明明是 in 朋友的專線，聽聲音閣是 in 朋友本人，為啥物會按呢講伊無佇咧，閣一直無接電話？！

公司的同事「張大姐」看伊的表情，問伊講是按怎，伊將這个代誌詳細講予伊聽，「張大姐」講：小李，你傷古意啦，人是佮你虛情假意一下，你共當真？！

伊講伊無愛信，邊-a 的同事嘛一人一句笑伊：「涉世未深」，伊問講抑若按呢閣來欲按怎？坐對面的 Linda 講：「很簡單，買個禮物去他家拜訪一下就行了」

伊問講愛送啥物禮物？Linda 問伊講對方有食薰無？伊講有，Linda 講「那簡單，買條洋煙帶去就行了！」，閣問伊講愛去佗買，應伊講「樓下公車售票亭就有了！」

伊閣問講：對方的電話一直無人接欲按怎知影 in 兜佇佗位？Linda 講：「你等一下再打，不要講拜託的事，就直接說要去他家拜訪，跟他

要地址就行！」

代誌果然如 Linda 所料，伊開 380 箍去買一條
「阿啄仔薰」去王專員 in 兜行一逝就解決矣！

過了身有另外一个同事問伊講伊彼支薰開偌
濟，伊講三仔八，彼个同事笑伊講：彼張罰單
嘛才六百，你開按呢，閣去甲 in 兜，按呢敢會
和？

伊講，當然會和，我開三仔八，學一个乖，閣
捌一个人，當然會和！

~ ~ ~ ~ ~ ~ ~ ~ ~ ~ ~ ~ ~ ~ ~ ~ ~ ~ ~

《註解》
1. 躊躇 tiû-tû：猶豫
2. 清彩 tshìn-tshái：隨便
3. 貼貼 tah-tah：整整
4. 路草 lōo-tsháu：路徑
5. pann：喇叭聲
6. 交通 e：交通警察
7. 揳膦 tủh -lān：火大，一般寫堵爛

8. 偌濟 guā-tsē：多少

9. siāng 款：相同

10. 食薰 tsia̍h-hun：抽菸

時代無全

時代變化真緊
日日進步創新
若無認真精進
連鞭綴無著陣

舊年歇熱的時，有三个台大醫學院的學生，叫
我共 in 補習台語，這三个攏是查某囡仔，年
歲和我相差 50 歲起去

介紹鼻目喙的 「目睭皮」的時，我紲喙講一
句「目睭皮無漿泔」in 完全毋知啥物是「泔」
啥物是「漿泔」

閣講著台北市街仔路的樹欉的台語名的時，in
竟然干焦捌一个「樟」曷爾，連「茄苳」「榕
仔」遮爾普遍有的樹仔，in 嘛攏講毋捌聽過！

毋過我介紹身體各部位的器官的時，講到男性
的「L」字號的器官，我一時有小可躊躇，毋
知欲按怎講較好，顛倒 in 誠自然，完全無感
覺遮的有啥物特殊！

绁來我進一步欲共 in 講到女性的「G」字的器官，為著慎重起見，我先問 in 愛講無，結果 in 不但要求我愛講，袂使省掉無講，等我教好閣進一步共我講「老師，好佳哉你有講，若無阮會叫是彼是查哺 e 的！」

講著這層，閣講一个閣較好笑的代誌，頂學期我有佇某一个國中台語社教，有一擺，我共 in 介紹人的身軀身各部位的名稱，我先佇烏枋畫一个人的形體才照圖來講，毋過「跤縫下」彼位我就共省起來！

中途下課時間，有一陣隔壁班的查某妹仔走來相揣，看著烏枋的圖，規陣圍倚去，講「老師遮無畫咱來共補起來」，閣講：「老師，中央這條台語愛按怎講？」另外一个講「邊仔這兩粒愛按怎講」，閣一个講：「頂頭遮愛畫一寡毛才著」。

無仝世代果然態度無仝，比較著我按呢歹勢歹勢無大方的態度，in 遮的少年仔的自然大方，哈哈！有影予我感覺綴 in 袂著，無老嘛予 in

並甲老去囉！

~ ~ ~ ~ ~ ~ ~ ~ ~ ~ ~ ~ ~ ~ ~ ~ ~ ~ ~ ~

《註解》
1. 綴無著陣 tuè-bô-tio̍h-tīn：跟不上隊伍
2. 起去 khí-khì：以上
3. 漿泔 tsiunn-ám：將米漿噴在衣服使燙衣服更平整
4. 躊躇 tiû-tû：猶豫
5. 烏枋 oo-pang：黑板
6. 跤縫下 khah-phāng-ē：跨下
7. 並 phīng：比較

#李恆德台文集
2018.5.23

人生的頭一擺

我人生頭一擺買冊
是國校仔三年的時，佇阮三芝媽祖宮口
拄著做鬧熱的時，廟口咧做大戲
戲棚跤排足濟路邊擔仔
有一擔賣冊的，我跍落去揀啊揀
揀著一本「諸葛亮七擒孟獲」
看了真佮意，我共買起來

轉去了後，我足認真看，看甲津津有味
過無幾工阮大兄問我講：「你敢看有」
我講：「哪會無？」
伊講：「這句按怎讀？」
我講：「這句是「火光中一虎軍殺到，仍是濁將王平」」
阮大兄笑一下險去嗙著
伊講：「拜託咧，這是「火光中一彪軍殺到，乃是蜀將王平」呢」

自彼擺了後，我開始對古早小說誠有趣味
國校仔四年看完「三國演義」
國校仔五年看完「東周列國誌」

可見我是對「歷史小說」較有興趣，親像「紅樓夢」這種，我是大漢做兵的時才開始看！

人生頭一擺看的「尫仔冊」是「學友」雜誌，嘛是國校仔的時
彼時，我有一个大姊佇台北讀北一女
伊歇睏轉來的時會紮轉來分阮看
彼本雜誌有連載小說，有 bàng-gah，有笑話，是專門賣予囡仔看的

會記得我上佮意看的是「基度山恩仇記」
猶有「金銀島尋寶記」「苦兒流浪記」「鴨母王朱一貴」等等
有名畫家林玉山，高虹的插圖，表示彼本雜誌水準誠懸！

學友雜誌是台北「學友冊局」出的
風行一站了後，另外一間「東方出版社」嘛出一本「東方少年」
仝款的內容，仝款的手路，仝款受歡迎
二本攏是阮囡仔時代上好的囡仔伴

我人生頭一擺看的武俠小說是「書劍恩仇錄」

彼陣我讀初二，阮大兄佇台北建中讀高中
歇寒的時伊紮轉來分我看
我看甲規个人迷落去，想講，世間哪有遮好看
的冊！

自彼擺了後閣出現的「射雕英雄傳」嘛是初中
時代看的
等到後來的「神鵰俠侶」「碧玉劍」「連城
訣」「倚天屠龍記」「天龍八部」出現的時，
我已經來台北讀高中

蹛佇三重埔，徛厝附近「大同南路」巷仔口，
有一間租尪仔冊的店，我的武俠小說差不多攏
佇遐租的
租一本五角，一抱「天龍八部」就共你拆做 40
幾本，看完愛 20 幾箍，差不多 4 碗牛肉麵的
價數。

開錢無打緊，上懊惱的是，你一本看完，趕緊
拚去欲借後一本，結果後一本去予人借去猶未
還，彼就捏胮脬了！

人生攏有足濟頭一次，攏是真精彩的故事！

400

朋友，你的故事呢！

~~~~~~~~~~~~~~~~~~~~

《註解》
1. 做鬧熱 tsò-lāu-jiát：大拜拜
2. 做大戲 tsò-tuā-hì：演歌仔戲
3. 跍 khû：蹲
4. 嗾著 tsák--tióh：嗆到
5. 尪仔冊 ang-á-tsheh：童書
6. 捏膦脬 tēnn-lān-pha：捏破陰囊表示懊惱

這兩篇古文予咱啥物款的啟示

頭一篇：孟子 離婁篇 「齊人章」
第二篇：戰國策 「鄒忌諫齊王」

高中時代有一種課程號做「中國文化基本教材」，是參國文作伙讀的，內底有真濟精采的文章，是愛背起來的，會記得我上佮意的就是頂面寫的這兩篇，到今我猶差不多背會起來

「齊人章」這篇是咧講一个一家之主 無咧討趁也無啥物出脫，逐工干焦會曉走去公墓，和人討一寡人祭拜了的祭品佮燒酒來食，一位食了紲過一位，食甲歡喜，啉甲爽快，才醉茫茫幌轉 in 兜！

到厝了後閣洋洋得意佮厝裡的的大某細姨講：伊今仔日又閣參某一个大官，抑是某一个大頭家鬥陣食燒酒。

伊的大某感覺奇怪，講伊交陪遐濟，為啥物哪會毋捌看伊的朋友來 in 兜，有一工 in 翁又閣出門，in 某偷偷 a 綴出去偷看，發見了真相了

後，轉來厝裡就講予細姨仔聽，閣和細姨佇遐譬相 in 翁的落氣步，講甲兩个忍不住攬咧哭。

這个時陣 in 翁轉來，猶毋知伊的代誌已經焐空矣，照常踮遐展臭屁！

「鄒忌諫齊王」這篇是講「鄒忌」生做懸大緣投，厝裡大某細姨和伊的好朋友攏講伊緣投，比城內的「劉德華」閣較緣投！

有一工伊拄著「劉德華」本人，才發見伊家己其實猶差濟咧，所以伊才警覺：原來遮的講伊緣投的人攏是有目的的。

這中間包括伊的大某是為著愛--伊，伊的細姨是為著驚伊，伊的朋友是為著欲共伊借錢，才一人一句，攏來刁故意講予伊歡喜！

有這个覺悟了後，伊趕緊走去見齊王，共家己的感想講予齊王聽，叫齊王千萬毋通予身軀邊的人瞞騙去！

政治上的紛紛擾擾好像真複雜，在我看，其實

嘛真簡單，坐佇大位，掌握大權的人，愛好好
共這兩篇讀予熟，好好 a 體會內中的真意，目
睭擘予金，頭腦想予明，按呢就好矣啦！

~ ~ ~ ~ ~ ~ ~ ~ ~ ~ ~ ~ ~ ~ ~ ~ ~ ~ ~ ~

《註解》
1. 討趁 thó-thàn：工作賺錢
2. 啉 lim：喝
3. 交陪 kau-puê：結交
4. 譬相 phì-siùnn：恥笑
5. 煏空 piak-khang：暴露真相

國家圖書館出版品預行編目(CIP)資料

彼年的熱天：精選台語散文 113 篇 / 李恆德作. -- 初版. -- 臺北
市：就諦學堂, 2019.10
　面；　公分
ISBN 978-986-98320-1-4(平裝)

863.55   108016311

就諦學堂

彼年的熱天

作　　　者 / 李恆德
出　版　者 / 就諦學堂有限公司
地　　　址 / 台北市中正區忠孝西路一段 50 號 21 樓之 14 (亞洲廣場大樓)
　　　　　　營業時間：週一到週五 14:00-18:00
電　　　話 / (02)7725-0168
傳　　　真 / (02)7725-3366
官　　　網 / www.hk97.tw　　　　中文網址：www.東協.tw
E-MAIL　/ jiudiasean@gmail.com
訂購帳戶 / 國泰世華銀行(013)館前分行
　　　　　　戶名：就諦學堂有限公司　帳號：001035011885
編　　　輯 / 徐偉綾、許祐銘
發　行　人 / 李三財
行銷總監 / 許筑琳
封面設計 / 柯佩瑩
出版企劃 / 李芸蕙
法律顧問 / 瀛睿律師事務所 簡榮宗律師
印刷裝訂 / 磐古印刷科技股份有限公司　電話：(02)2244-7000
總　經　銷 / 吳氏圖書股份有限公司
　　　　　　地址：新北市中和區中正路 788-1 號 5 樓　電話：(02)3234-0036
出版日期：2020 年 3 月初版(二刷)
定價 $ 500
ISBN 978-986-98320-1-4(平裝)

facebook 搜尋 就諦學堂 🔍